文字森林
READING FOREST

文字森林
READING FOREST

我要準時下班！

わたし、定時で帰ります。

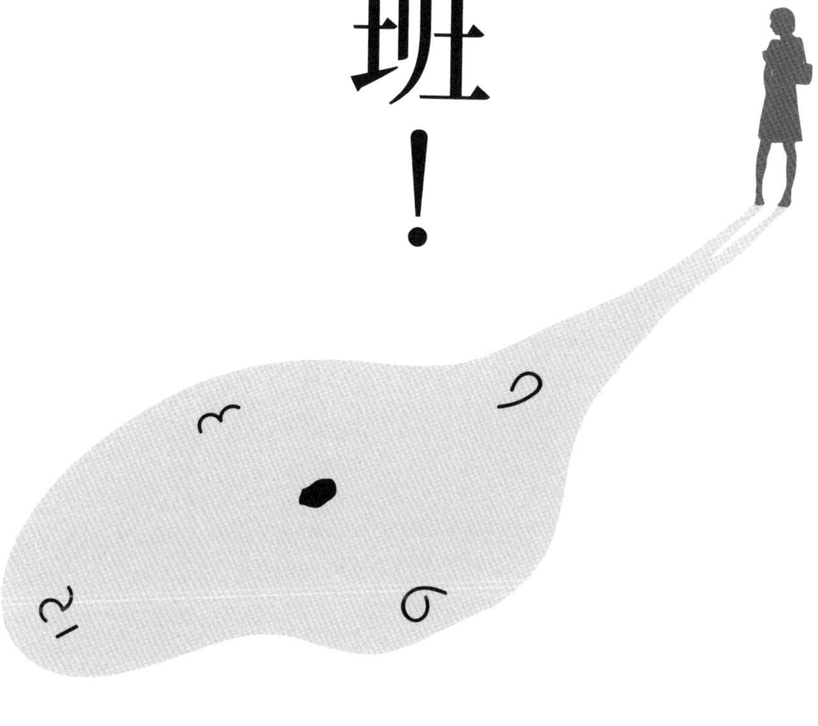

朱野歸子 著　　楊明綺 譯

目錄

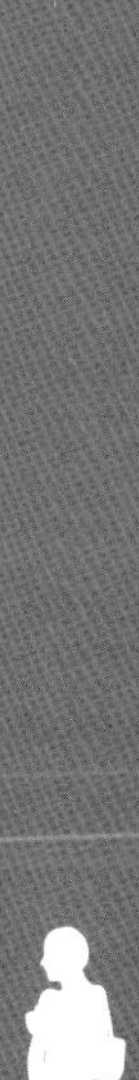

第一章

全勤獎之女

東山結衣偷偷稱她是「全勤獎之女」。

她今天竟然沒走過來耶。就在結衣這麼想的時候，身後傳來腳步聲，讓她不由得嘀咕：

「來了、來了。」

「來栖今天也請假，是吧？」

全勤獎之女，也就是三谷佳菜子，站在結衣身旁。幹麼現在走過來啊！結衣抬頭看著牆上的時鐘。

晚上六點，下班時間到了。

「妳有問他為什麼請假嗎？」

三谷的口氣明顯不悅。結衣明白要是敷衍回應，只會耽誤下班時間，只好無奈回道：

「不知道耶……我沒問。」

五分鐘後能順利離開嗎？要是再不走就趕不上上海飯店的暢飲時間了。只要在六點半之前點餐，就可享中杯啤酒半價的優惠。

「不、知、道他為什麼請假？」三谷湊近結衣。

個性一絲不苟的她和結衣同年，今年三十二歲。她從不請有薪假，也不許別人請有薪假；要是有人請假，她就會像這樣打破沙鍋問到底。

「為什麼不問清楚？妳不是負責帶他嗎？就這樣放任不管？」

來栖泰斗是今年春天才進來的新人，結束半年的研習課程後，從這個秋天開始擔任結衣的助理。

「我沒有放任不管啊！也有教他如何申請有薪假。」

「妳就是只會教這種事。新人跟人家請什麼有薪假啊！」

不管是不是新人，都有權利請有薪假，而且沒有義務告知理由，公司也不能逼問原因，勞動基準法就是這麼規定。

已經跟三谷說過好幾次了，這個人就是聽不進去。

「我還是新人時，才不敢隨便請假呢！畢竟新人什麼都不太懂，必須跟著前輩好好學習才行。」三谷又說。

「等他來上班時，妳再跟他說吧！我要走了。」

想喝啤酒的心情催促著結衣。

「我覺得現在的年輕人被寵壞了。」

無奈三谷擋住她的去路。

「有這麼缺人手嗎？就連人事部都得討好那些新人。說來說去，還不都是因為由東山小姐這種我行我素的人負責帶新人。」

什麼我行我素啊！結衣正想回嘴，三谷卻先發制人：「對了。東山小姐週五休假，是吧?為什麼?」

「參加法會。」

「真的是去參加法會?不是像之前那樣,說什麼『想邊看從成田機場起飛的飛機,邊喝啤酒』嗎?」

「真的是去參加法會。還有,不是成田,是羽田。要是搭成田特快的話,我還沒到機場就醉囉!哈哈哈!」

三谷露出別想唬弄我的表情,說道:「不過就算真的是參加法會,妳不覺得自己有點休過頭嗎?」

又沒超過有薪假的天數,有何不可?想這麼反駁的結衣拚命忍住,關掉電腦。

「幹麼關機?我還沒說完。真是的!人家種田先生可是忙得連睡覺都嫌浪費時間。」

種田是比結衣年長三歲的同事,也是同一個部門的副部長。他也是從不請有薪假,更不會比結衣早下班。

為什麼我會跟這些人同一個部門?結衣邊嘆氣,邊將手機扔進包包。

「不管現在發生什麼事,妳都要下班,是吧?記得國中時,我們班上有個女生就是妳這種人。全班為了合唱比賽要排練,她卻說要和媽媽去聽演唱會,所以沒辦法來學校。我可是連一天假也沒請過,國中三年都是拿全勤獎,為了達成這目標……。」

糟了，三谷一扯到全勤獎就會說個沒完。結衣趁隙從她身旁溜走。
「啊！逃走了。」
「不好意思，先走了。」
結衣趕在三谷追上來之前迅速打卡，順利脫困。

結衣小跑步衝向電梯。
這間公司的主要業務是幫企業設計網頁、社群平臺、APP等行銷活動，以及提供顧問服務；雖然公司簡介是這麼寫，但不管再怎麼說明，親朋好友還是聽不太懂，所以結衣都是說「幫其他公司設計網站」。
公司在業界頗富盛名，雖然員工多達三百名，但因為不需要大型設備，所以只租下辦公大樓的其中一層，不過這棟大樓也挺氣派就是了，走到大樓外頭起碼也要花上五分鐘。
結衣按下電梯鈕，焦急等待時，種田晃太郎從走廊盡頭的安全梯走出來。明明已經十月了，他卻穿著一件薄夾克，還維持著大學時代打棒球時的結實體型，給人運動風的感覺。
「要回去啦？」種田問。
「不行嗎？」
「妳還真的每天都準時下班呢！」

「種田先生偶爾也早點下班吧。」

結衣看著晃太郎手上裝著速食炒麵的塑膠袋。

「沒辦法。今年一直加班，休假都免費送給公司了。也沒怎麼運動。」

原來出去買晚餐的他為了維持肌力，爬十五層樓梯上樓啊！果然還是和以前一樣。結衣想。

「今年一直加班……現在已經十月底了。」

「託加班之福，之前的企劃案得到最優秀獎喔！」

結衣瞅著一臉想得到稱讚的晃太郎，雖然她一點都不想誇獎這種用加班換來的榮譽，但沒辦法。

「好厲害喔！真的很厲害，恭喜啦！」

「謝啦！能夠為公司貢獻業績是我的榮幸。」

晃太郎半開玩笑地行了個禮，「啊，對了，結衣。」想起什麼似地說。

結衣瞪了一眼晃太郎。明明提醒他好幾次，不要直接叫她的名字。

「反正又沒人聽到。」晃太郎悄聲嘆氣。

「就怕在別人面前不小心說溜嘴。」

「就算被發現也沒什麼關係吧。反正已經分手了。」

晃太郎和結衣於兩年前分手。兩人交往時，晃太郎待的是另一間公司，決定跳槽到現在這間公司是在分手前不久。本來想說兩人進的都是製作部，可能會很尷尬，但因為分屬不同團隊，所以幾乎沒什麼交集。

不過這是今年夏天之前的事。製作部重新改組後，從這週開始兩人待在同一組。晃太郎的職銜是副部長，結衣是他底下的網站總監。

「麻煩稱呼我東山小姐。」

結衣叮囑。畢竟她已經被三谷貼上工作不上心的標籤，要是兩人交往過的事曝光，勢必愈來愈難準時下班。

結衣進公司以來，不管工作再怎麼忙，一定準時下班。

雖然也會加班，但次數很少；這間公司希望員工「盡量不加班」，結衣進公司十年來一直恪遵這原則。

但因為最近多了不少從其他公司跳槽來的人，開始影響公司風氣，剛才那個全勤獎之女，三谷佳菜子就是一例。

「總之，關於福永先生的新案子。」

「福永先生？」結衣疑惑地偏著頭，很陌生的名字。

「妳不記得？福永先生從明天開始擔任我們部門的部長。因為這是他負責的第一件案子，所以結……想說讓東山小姐擔任組長，希望妳現在馬上擬份報價單。」

現在？晃太郎對著皺起眉頭的結衣背影，說了句「你先走吧」，結衣回頭一看，原來是電梯來了。電梯裡的人點了一下頭，準備按下關門鈕。

「結衣也年過三十了，要加把勁才行。」

每次都直呼我的名字、擅自決定由我當組長。雖然結衣想抱怨的事情很多，還是趕緊按下樓的按鈕。

結衣衝進一臉不耐的人群中。

「我才不會更努力！」這麼說之後，按下關門鈕。就在電梯門即將關上時，「喂，那報價單什麼時候給啊？」她瞧見晃太郎皺著眉詢問。

上海飯店位於離公司徒步約五分鐘，一棟綜商大樓的地下室。

沿著昏暗樓梯走下去，就會看到一扇貼著倒「福」字的玻璃門。「倒福」的意思就是「福到」，也就是「招來很多福氣」的意思。

結衣一衝進店裡，正和熟客聊天的老闆娘王丹臭臉瞅著她。頭髮往後紮成馬尾，穿著黑色圍裙的她正在收拾桌上的盤子。

「今天很晚喔，差點趕不上暢飲時間。」

「太好了。想說今天趕不上呢！先來杯啤酒吧。」

「好，知道了。對了，已經翻譯好了，拿去吧。」

王丹突然伸手探向收銀臺，抓了一疊紙遞給結衣。

「謝囉。提早一天交稿呢！翻譯費和之前一樣，可以嗎？」

結衣脫下外套，接過這疊紙。這是主管交辦的事情，翻譯關於中國社群網站的報導。

「可以給張請款單嗎？上頭的人說可以申報費用。」結衣說，突然想起部長換人了。記得新來的部長姓福永。

「不用錢啦！我們不是捧友嗎？」王丹用不太標準的日語這麼說。

這家店剛開張時，偶然晃來這裡的結衣發現菜單上的日文寫錯了。因為當時沒有其他客人，便當場幫忙更正。後來店裡生意愈來愈好，王丹覺得一切都是託結衣的福，兩人也建立了好交情，不過王丹總是臭著一張臉。

「要吃什麼？」王丹問。

天氣明顯變冷了，還是吃個熱呼呼的吧。結衣邊坐上吧檯位，邊這麼想。要是不趕快點餐，王丹會不高興，結衣決定點一份糖醋肉套餐。

「糖醋肉，是吧？對了……妳最近都是一個人來耶！」

「因為常常和晃太郎來這裡，帶其他人來好像怪怪的。」

「可是一個人來不划算耶！」

「王丹，先來杯啤酒。」

雖然一個人來吃也很便宜，但兩個人來也是同樣價錢，這樣難道不會虧錢嗎？畢竟店家總擔心一漲價，客人就不來光顧。順道一提，結衣總覺得王丹這名字的中文念起來很像某種美食。

王丹端上啤酒。

結衣立刻喝了一口，「呼」地嘆了口氣。為了這瞬間，從下午開始不攝取水分是值得的，啤酒剎時滲透全身細胞。這時，結衣發現一件事。

「對了，最近都沒看到那個老是坐在靠牆位子的大叔呢！」

每次這時間過來用餐，都會看到有個上了年紀的男人獨自坐在靠牆位子吃晚餐。吃完後，就會拎著公事包，說聲「我回公司了」便離開。

「喔喔，那個人死了。」王丹邊收拾隔壁桌的盤子，說道。

「什麼?!」

「聽他們公司的人說的。」

「怎麼會……這麼突然？」

「明明胸痛，還硬是熬夜加班，結果隔天早上在公司被發現時，已經是具屍體了。發現屍體的人還真可憐，我也很可憐，少了一位熟客。」

啤酒的苦味刺激舌頭。雖然不知道那位大叔的名字，但他總是點回鍋肉，配著油亮的高麗菜和白飯。

擱在桌上的手機突然震動，原來是媽媽傳來的訊息。

「別忘了星期五的二十五周年法會喔。」

結衣盯著手機畫面，問坐在旁邊吃餃子的常客大叔。

「二十五周年法會是指去世幾年？」

「二十四年。」

大叔熟練地夾起煎餃沾著香醋。聽說他自從被調到分公司，老婆大人就苛扣他的零用錢，所以就算來這家店也只能點便宜的餃子。

「已經過了那麼久啦！對喔，那時我才八歲。」

「居然能辦到二十五周年啊！一般都只辦到十七周年呢！是要祭拜誰啊？」

結衣正要回話時，另一位常客大叔插嘴：「二十四年前，就是一九九二年，剛好是泡沫經濟開始崩盤的時候。」

只見他邊用溼毛巾擦去額上汗珠，邊一臉懷念似地說著。記得他經營一家小工務店，喜歡吃辣的他今天也是獨自大啖火鍋。

「在那之前的日本好有活力喔！房地產興旺，景氣好得不行。電視一天到晚都在播機能性飲料的廣告，廣告裡的上班族可是走路有風啊！我到現在還會哼那首廣告歌呢！」

只見兩位常客大叔慢條斯理地哼起歌。

黃與黑是勇氣的證明，你能奮戰二十四小時嗎……。

原本各唱各的歌聲到最後合而為一，大夥害羞笑著。

我聽過這首廣告歌，因為爸爸也常唱。結衣想。他早上出門上班前，總是邊打領帶，邊哼著這首廣告歌。

「要是真的連續工作二十四小時，可是會過勞死啊！」

「真是笨啊！人家不是說……好死不如賴活嗎？」

大叔們高呼「乾杯」，感慨萬千。大家不經意地看向收銀臺後方，牆上貼著店裡舉行年終聚會時的合照。結衣受王丹的邀請，也有參加。照片中的回鍋肉大叔用筷子當麥克風，高唱〈木棉手帕〉。

氣氛突然變得感傷、沉默，此時此刻大家只想獨自小酌。

結衣一邊吃著剛端上來的糖醋肉，一邊看推特。推友之一的「愁」是個不折不扣的憤青，今天也頻頻發牢騷。

「過勞死的人數不斷增加，每年超過二千人因為職場問題而想不開。」

聊些開朗一點的話題不是比較好嗎？就在結衣這麼想時，突然想起剛才晃太郎說的那個叫福永的新來部長。

我見過他，他是晃太郎之前任職的投顧公司社長。結衣和晃太郎交往時，曾在新宿街頭巧遇他。

那時，福永瞧都沒瞧結衣。在晃太郎的介紹下，他一臉尷尬地沉默不語。結衣記得自己還懷疑他真的是社長嗎？福永的眼瞳深處彷彿有個昏暗的洞，令人不寒而慄。

「那種不會跟別人打招呼的男人，你們覺得如何？」結衣又問吃著煎餃的大叔。

「不會打招呼？不行、不行，要是我女兒帶這種人回來，我馬上判他出局。」

「他可能很怕生吧？」結衣困惑地偏著頭，記得晃太郎這麼說過。

「不過最近很多年輕人都是這樣囉。」

「他應該四十好幾了。」結衣說。

「也許現在這時代能接受吧。我就沒辦法。」

結衣也有同感。姑且不論人品好壞，就是不喜歡。

不久之後，晃太郎便離開福永的公司，結衣也和晃太郎分手。原以為不可能再和福永有所牽扯，就連見過他的事都忘了。

為何他會跑來前部屬晃太郎待的公司呢？

結衣的手機又震動。原來是同一組的吾妻傳來報告進度的郵件。明明告訴他下班後別發這種信啊！邊發牢騷，邊滑手機的結衣突然停手，因為信上寫著他和三谷小姐正在寫種田先生交代的報價單。

「雖然是明天必須完成的艱苦任務，但我們會設法攻破。」

難道是下班時，晃太郎要我做的那份報價單？被我拒絕後，轉而拜託吾妻和三谷？實在很介意的結衣看了一下這件案子的大致內容。

客戶是星印工場股份有限公司。這家知名衣物雜貨製造商標榜設計簡約、品質也不錯、製造並銷售原創商品等特色，在近幾年急速擴張，因為上個月決定收購同類型製造商「幸福手帕」，所以官方網站必須重新設計，四個月後交件，也就是三月初。

原來如此啊。邊思索，邊瀏覽概要的結衣瞥見預算金額時，不禁懷疑自己眼花。

未免太少了吧，這樣的預算根本沒辦法做啊！

晃太郎到底在想什麼啊？兩人不同組時，聽聞他的工作能力備受肯定，而且得獎案子的利潤也頗高。印象中，他來到這間公司後，沒接過這種沒什麼利潤可言的案子。

莫非和那個福永進來一事有關？

有股不好的預感，還是調查一下吧。結衣這麼想著，準備發封郵件給推友「愁」。

隔天早上，結衣一進公司就瞧見綳著臉的三谷在等她。

「昨天，因為東山小姐下班了，我只好留下來加班，吾妻主動說要幫我。可能是硬撐的關係……咳！一早起來就咳嗽。」

既然身體不舒服，拒絕加班就行啦！結衣的心思八成表現在臉上吧，只見三谷翻了個白眼。

「有薪假的事，咳！妳會好好提醒來栖吧？」

「呃……我才剛進公司。妳還好吧？」結衣說。

「這點咳嗽算什麼，咳！我就算高燒到三十九度也沒請過假。國中和高中，咳、咳！都是拿全勤獎。咳！大學雖然沒有全勤獎，但我在之前待的公司也是全勤……咳！咳！」

結衣皺眉，光聽就覺得痛苦。

「我明白了。妳還是去趟醫院吧。咳嗽要是擱著不管，可是會變成氣喘喔！這麼一來，就成了慢性病。」

結衣撇下一臉不安的三谷，尋找來栖。來栖正站在影印機前，默默影印一堆資料。

「你在做什麼？」聽到結衣這麼問，來栖無奈地看向她。

「三谷小姐叫我影印開會用的資料。」

是那份報價單嗎？這種東西用郵件傳給每個人就行了吧？結衣一向都是這麼處理。

「是不是又被三谷小姐說了什麼？不能請有薪假之類的。」

「是還沒啦！但肯定會被她念吧。我看我還是辭職算了。」

「又說這種話。」結衣輕拍來栖的肩。總是嚷著要辭職，真叫人頭痛。難得來一位像來栖這麼高學歷、長得好看、工作能力又不錯的新人，人事部也很看好他的樣子。但他想到什麼就說什麼的個性，讓負責帶他的結衣頗傷腦筋。

「別在意這種事，當作參考意見，聽聽就行了。」

「可是，她應該會強行要求吧？」

「這個嘛。」結衣也無法否定。

「之前她還要求我提早三十分鐘來上班，這算是違法吧？」

「嗯，應該是吧。」結衣無法否認。

「這麼腹黑的職場環境，我還是辭職吧。」

「等等。三谷小姐如果再這麼要求的話，你可以反駁啊！如果還是受不了的話，再辭也行……總之，看在我的面子上，再忍耐一下嘛！」

「因為這樣多少會影響東山小姐的考績，是吧？」

「也是啦！」結衣無奈頷首。面對來栖，除了吐實，別無他法。

來栖噗哧一笑。

「我就是欣賞東山小姐的坦率。好吧。若是為了東山小姐，我願意忍耐。總之……是為了妳哦！」

這小子分明是在討人情。但不管基於什麼理由，只要他能學會忍耐就好了。就這樣，來栖的事總算解決了。

再來就是那件奇怪的案子。結衣瞄了一眼時鐘，現在是九點十分。會議時間一拉長，就會影響今天的工作，也就很難厚著臉皮準時下班了。看來得設法快刀斬亂麻才行。

「我認為接下這件案子的決定過於輕率。」

當會議上提到星印工場的案子時，結衣馬上舉手發言。

「妳說……輕率？」新來的部長福永清次喃喃道。

今天第一次來上班的他和兩年前在路上巧遇時一樣，面無表情地走進辦公室，然後忸怩地自我介紹。

其實晃太郎辭職後不久，福永就賣掉自己的公司；但結衣並不知情就是了。後來他輾轉待了幾間公司，直到這間公司的高層人士挖角他。

這行業始終人手不足，所以像福永這般實戰經驗豐富，又懂管理的人才絕對很搶手；雖說如此，以前當過老闆的他進了大公司，卻只擔任製作部部長，不覺得委屈嗎？結衣頗為詫異。

不過，福永倒是坦然地微笑表示「能重返第一線工作，很開心」。也許他沒想像中那麼差勁吧。既然如此，應該可以在會議上坦率表達自己的看法。

「是的，我覺得不夠周到。」

怎麼想，都不該接下這案子。報價單的作業量明顯是為了配合客戶希望的預算，實在低估太多了。依這件案子的工作量來看，絕對必須增加人手。

「業務部為什麼沒當場拒絕？」結衣問。

「這不是業務部接洽的案子，」晃太郎回道，「星印工場是福永先生以前的客戶，他們聽說福永先生跳槽到這裡，表明想再和他合作。」

「真叫人開心啊！客戶還記得我。」福永微笑。

「可是這預算沒辦法外包。」結衣說。

「這裡常發外包嗎？」福永看向晃太郎。

「因為大部分案子要在上班時間內做完，要趕上交件日根本不太可能。」結衣回道。

「不外包就做不完嗎？」福永又問晃太郎。

為什麼不直接問我？結衣覺得怪怪的。

「這個嘛……」晃太郎說，「要是加班的話，應該可以想辦法做完。」

又來了。晃太郎又迸出這句口頭禪。

結衣馬上搖頭，說道：「不能一開始就想著用加班來解決問題。要是沒有估算好工作量，一旦發生問題，整個工作排程都會亂掉。」

「東山小姐只是不想加班吧？咳！」三谷摀著嘴，插嘴道，「東山小姐啊，咳、咳！總是準時六點下班。咳、咳！不管是工作還是什麼的，馬上丟下不管。」

「我才沒這樣，我會好好做完當天該做的工作。」

「哦？是喔，」福永頗感興趣似地喃喃自語，「挺有效率嘛！」

「不用聽東山小姐的意見。嗯嗯……咳！她是個異類，」咳到講話都有點困難的三谷又說，「我有個提議。往後四個月，所有組員都不能請有薪假，如何？」

「啊？」坐在結衣身旁負責寫會議紀錄的來栖發出怪聲。

「還有，週末也來加班吧。咳！這麼一來，就能控制在預算內，不必發外包。咳！」

「那個人是腦筋秀逗了嗎？」來栖正在敲鍵盤的手停住。

「你被寵壞了，」三谷瞅了一眼來栖，又說，「來栖，你除夕、元旦都得來加班。誰叫你昨天休假……咳！沒事請什麼假啊？管你是感冒還是咳個不停，都得來加班！我還不是咳個不停……咳、咳咳！」

結衣實在聽不下去，忍不住發難：「不准員工休假，週末、假日還要加班，可都是違反勞基法喔！」

「只想偷懶的新人，哪需要什麼法律保障。咳咳咳！我就是見不得他們偷懶。」

「妳明白法律的意義嗎？」

結衣皺眉時，來栖不耐煩地嘀咕：「因為……。」

「嗯？」

與會眾人不約而同地看向來栖，只見他低頭說道：「因為昨天我生日，所以請休假。這樣總行了吧。」

「生日？就為了這種無聊事請假？」

「三谷小姐，話不能這麼說。也許是家人幫他過生日，或是和女友有約吧，來栖？」

「不是，我一個人打線上遊戲。」

「什麼……咳！線上遊戲?!我就算咳嗽……咳、咳、咳、咳、咳！」

「誰曉得妳咳嗽啊！」來栖嘆氣，說道，「呃……可以想辦法止住咳嗽嗎？我在記錄會議內容，三谷小姐的咳嗽聲吵得我幾乎沒辦法寫。」

「竟然對前輩……咳咳咳！東山……咳咳咳！妳要……咳咳咳！」

三谷好像想要求結衣糾正來栖的態度。

不過比起這件事，結衣更在意三谷的身體狀況，感覺其他人也在意到沒心思開會。

「來栖是擔心妳啊！其實妳也覺得去趟醫院比較好，是吧？我說的沒錯吧？妳雖然沒說出來，卻寫在臉上。」結衣說。

「可是……會議開到一半，跑去醫院看病，咳！這是不負責任……咳咳咳！」

三谷咳到流淚，果然很不舒服吧，看來必須疾言厲色些才行。

「三谷小姐，昨天妳明明不舒服，還勉強加班做出這份報價單，是吧？妳已經很盡責了。接下來就交給我。」

三谷的眼神有些猶豫，看得出來她有點被結衣說服。

一直沉默不語的晃太郎開口：「那就這樣吧。畢竟這案子本來就是要交給東山小姐負責的。」

笨蛋！就在結衣悄聲咒罵時，三谷忿忿地斜睨結衣。

她的怨念有如心電感應般傳進結衣的腦子。

——就只會挑好吃的！

結衣清楚感受到三谷憤怒的矛頭從來栖轉向自己。

會議結束，福永收下報價單，說他要再想想。還要想什麼？除了告知客戶以這預算根本做不到之外，別無他途了。

結衣帶著無法釋懷的心情步出會議室，瞥見三谷等在外頭。
「東山小姐，妳要是負責這案子，咳咳！可不能隨便請假喔！」
怎麼還在啊？結衣很無奈。
「該休假我還是會休假，也不會負責這案子。」
「就算妳不想負責這案子，咳！一旦開始進行，也不能隨便休……咳！咳！」
結衣嘆氣。看來事已至此，也許該說清楚。
「無論發生什麼事情，我都會準時下班，想請有薪假時，也會請假。」
「為什……咳！咳！咳！咳！」
「這種事不需要對妳說明。總之，我就是決定這麼做，才會進這間公司。沒必要聽從妳的抱怨，來栖也是，因為我是負責帶他的人，所以請三谷小姐別插手。」
「可是工作……咳！工作、咳！咳！工作就是……咳！咳！」
就在結衣的忍耐線快要斷裂時，三谷的咳嗽打住，突然拚命大喊：「工作就是要拚死去做才行！應該說，就算硬著頭皮也要努力撐下去！」
從另外一間會議室走出來的同事們一臉疑惑地瞧著結衣他們。
結衣凝視三谷的同時，「死」這字眼在她腦中轉啊轉的，喚醒過往記憶：被發現時，已經成了冰冷遺體的回鍋肉大叔，還有總是高歌〈你能奮戰二十四小時嗎？〉的父親，以及兩年前的晃太郎。

頓覺背脊發涼的結衣凝視三谷，說道：「請不要隨便說什麼死啊、硬撐之類的話。」可能是感受到結衣的情緒吧，三谷並未反駁，但似乎又要咳個不停的樣子，只見她弓著身子，衝向洗手間。

「那個人的腦子果然怪怪的。」

這麼說的來栖走到結衣身後，一臉恍然大悟地看著結衣。

「莫非三谷小姐想當組長？我才不要呢！她根本不懂什麼是勞基法。看來我還是早點離開這家黑心公司比較好。東山小姐，妳就當組長，阻止她暴衝嘛！」

我做不到。結衣別過臉，「出人頭地是很辛苦的事，我沒這能耐。」這麼說道。

這是結衣進入這間公司不久就明白的事，所以剛才會議一結束，她很清楚表明自己不會擔任這案子的組長。

「不能為了我，忍耐一下嗎？我可是為了東山小姐才硬著頭皮撐著。」

你哪時忍耐過了？結衣很想這麼說。

「要是三谷小姐擔任組長，我會辭職，才不想拚死工作。」

又來了。結衣忍不住想嘆氣。

「那就拚死一次做做看啊！」突然傳來晃太郎的聲音，站在兩人身後的他目光炯炯地看著來栖，說道，「反正你還年輕，也許這麼做，能看見自己從未看過的東西。」

「是指另一個世界嗎？」

「笨蛋！不是這意思啦！」

晃太郎撇嘴。看來他似乎並不討厭來栖，或許是從小學開始打棒球，周遭清一色都是男人，讓他挺喜歡照顧呆萌後輩。

「要怎麼說呢？就是腦內啡瞬間爆發的感覺吧。越是被追著跑，越覺得充實。」

「哇！這根本就是腎上腺素成癮症嘛！」不以為然的來栖又說，「就是一種想要吟味這種瞬間爆發的快感，好比士兵想重返戰場的心情……咦？種田先生沒在網路上看過這樣的報導嗎？休假日時不會出現戒斷症狀嗎？」

沉默不語的晃太郎似乎想反駁，但話到嘴邊又吞了回去。

「被戳到痛處囉！」結衣微笑道。

兩人交往時，晃太郎總是心不在焉樣，隨時隨地都在用手機確認郵件，一副想趕快回去工作的樣子，現在八成也是這樣吧。

「總之，」晃太郎咳了一聲，「三谷小姐說的也有理。有時必須抱著拚死的決心全力以赴，這就是職場文化。」

「唉……。」

來棲用嘆氣來回應，隨即走向自動販賣機。晃太郎怔住。

「現在的年輕男生都是這樣難溝通嗎？」

「最近的中年男子不是更難溝通嗎？」

結衣語帶諷刺地看著晃太郎。

「關於福永先生的事……總之，習慣他的作風之前，就體諒一下他吧。」

「那件案子怎麼辦？種田先生也很清楚不可能，不是嗎？」結衣問。

「在我之前待的公司，這種情形很常見。」

這種情形很常見。用便宜價格接下案子，然後壓榨員工，這叫很常見？

「小公司想標下案子，多少都得犧牲才行，像東山小姐這樣一直待在大公司的人是不會理解的。」

「唉……。」結衣和來棲一樣用嘆氣來回應。

莫非晃太郎在之前的公司，一直都是像這樣幫忙福永嗎？

「妳要是擔心無法如期交件，就當組長——」

「不，恕我拒絕。」

「話說妳本來就沒理由拒絕吧？還不是因為不想強迫妳答應，我才低聲下氣拜託。」

「我都年過三十了，就別再對我說什麼要更加油之類的話了。」

「我只是希望結……東山小姐擔任組長而已，想說可以和妳同一組工作。拜託啦！」
瞬間，結衣有點心動；但她不想再像交往時那樣被耍得團團轉了。
「要是能像現在這樣準時下班的話，當然沒問題。」
「不太可能吧。身為組長再怎麼樣也不可能不加班。」
「那免談。」
「我說妳喔……好吧。我想想要怎麼算加班費，妳才肯答應。」
真囉唆。就在結衣要回到自己的位子時，「妳和小柊還有聯絡嗎？」晃太郎問道。
「……看妳的表情就知道還有聯絡。拜託！可以請妳別再干涉那小子的事嗎？」
「我沒干涉他的事啊！只是有事拜託他。」
「是嗎？像這樣抄捷徑嗎？」
晃太郎從挾在腋下的文件夾抽出一張紙，那是請王丹翻譯的報導，因為前任部長離職，所以交給晃太郎。
「為什麼要把工作推給別人做，不靠自己的能耐完成？」
「我只是發外包而已，況且王丹在大學念的是日文系；與其自己來弄，不如發外包更能節省時間和費用。」
「我應該數落過妳這種缺乏熱情的工作態度吧。妳打算這輩子就這樣馬虎度日嗎？難道沒想過為工作不惜賭命嗎？」

充滿熱情的話語不斷飛來。

結衣悄悄做了個深呼吸，準備反擊似地看著晃太郎，說道：「也許哪天會想吧。但是我不想拿父母給我的寶貴性命來賭福永先生接下的那件離譜案子。」

「妳真是有夠頑固！」晃太郎不悅地瞅著結衣，說道，「總之，別再和小柊有牽扯了。」

「對不起，我遲到了。」

諏訪巧姍姍來遲。他解開襯衫鈕釦，一坐下便翻開菜單，點了餐前酒。

「沒事，我也剛到。」結衣說。

阿巧預約的義大利餐廳就在結衣的公司附近。因為離晚上八點的預約時間還有段空檔，所以結衣先去咖啡廳看書打發時間。

「傍晚開始的會議實在拖太久了。妳相信嗎？對方的部長竟然沒看過我們提交的書面資料，我還用這麼小的字標註說明。」

結衣看到阿巧用手指比了一下字體大小，不由得笑了。

兩人從一年前開始交往。因為阿巧的公司接手結衣負責的企業官網，所以和負責業務的阿巧開了好幾次會，兩人也愈來愈熟。

阿巧也是那種盡量早點做完工作，準時下班的類型，不會勉強自己，這也是兩人合得來的原因；因為他本來就是那種想留點時間做自己喜歡的事的人。

「你這週末要去哪裡『生火』？」

「東京都內的露營場。而且不是『生火』，是『燒柴』。對了，我還買了這些東西。」

阿巧用手機秀照片給結衣看，有知名老店賣的鋸子、焊接用的手套、銅壺等。

結衣初次聽聞「生火」這項休閒活動，還以為是在庭院烤地瓜之類的，阿巧聞言大笑，說那是焚燒落葉吧。阿巧和朋友是去山裡或森林，使用精挑細選的工具燒柴，然後三五好友圍著火堆邊喝咖啡，邊聊天。

「買這麼多，你媽又要不高興了吧？」

「說到這個，她說要把我春天買的一整套釣具拿去丟掉，我超生氣！」

阿巧和結衣一樣三十二歲，還和家人同住；畢竟借爸媽的車，去買戶外露營用品比較方便。

「我好想帶結衣一起去喔！」阿巧隨口說。

阿巧還沒迷上釣魚前，有陣子很愛採菇，結衣跟過一次；但是週日晚上坐著車搖搖晃晃地回來，以致於週一早上疲累不堪，無法準時下班。

「暫時沒辦法吧。工作步調被新來的部長搞得亂七八糟。」

「種田先生是你們部門的副部長吧？妳應該很開心吧？」
「才怪，根本相反，搞得我頭更痛。」
「又來了，明明很高興。對了，他的工作能力很強吧。我們公司的人事部也很扼腕，沒能挖角到他。聽說不管多麼十萬火急的案子，只要他出馬都能火速搞定。」
「連日熬夜加班，連週末都在工作，這根本不是人過的生活嘛！」
阿巧微笑看著緊皺眉頭的結衣，一副逗她玩的樣子。
兩人交往之前，結衣常向他抱怨剛分手不久的晃太郎，阿巧總是默默聽著。告訴結衣去羽田機場看飛機起降，心情會很舒坦的人也是阿巧。
只要結衣說想見面，阿巧就算停下手邊工作也會奔到她身邊。結衣很驚訝竟然還有男人會這樣，兩人也就自然而然在一起了。
「對了。該介紹結衣給我爸媽認識囉！」
「也是啦！我爸媽也說我們怎麼都沒動靜。」
兩人打算明年夏天結婚。
步出餐廳，阿巧揮手道別，走進地鐵站。結衣目送他離去，深切感受到自己正一步步朝終身大事邁進。
結衣與晃太郎分手時，已經到了論及婚嫁的地步，雖然還沒拿到婚戒，但已拜訪過雙方家長，無奈還是破局。

雙方家長約好碰面那天，晃太郎並未現身餐廳。晃太郎的父母為兒子竟然連這麼重要的日子都還忙著工作，深感抱歉與愧疚。結衣奔至晃太郎住的地方，果然應驗心中不好的預感。他抱著枕頭倒在沙發上，因為連續熬夜三天，他回來換衣服時突然失去意識的樣子。

用力搖醒晃太郎的結衣忍不住大喊。

——工作和結婚到底哪一個比較重要?!

整張臉埋進枕頭的晃太郎不發一語。沉默半晌後，不太高興地回道。

——當然是工作啊！

其實結衣心裡早就料想到這答案，但就這樣完全抹消兩人度過的時光，著實深深傷了她的心，也明白這男人其實沒這麼愛自己。晃太郎最愛的是工作，不是她。

所以當阿巧求婚時，結衣也問了同樣的問題，因為她不想重蹈覆轍。阿巧毫不猶豫地回答——當然是和妳結婚。

結衣目送阿巧離去，走向車站搭車時，倏地感受到一道冷冷視線的她猛然回頭。

原來是三谷站在她身後。看樣子似乎剛離開公司，只見她用手帕摀著嘴，身子顫抖地瞪了結衣一眼，走向車站。

她又加班？沒去醫院嗎？明明咳得那麼厲害。也許三谷是在鬧脾氣吧，不滿上頭指派結衣當組長。

隨便她怎麼想。就算她當組長，我還是會像現在這樣準時下班。就在結衣這麼打定主意，繼續往前走時，塞在口袋裡的手機震動，原來是「愁」傳來郵件。

主旨是「要提防福永清次」。

結衣馬上點開來看。

「愁」是比晃太郎小九歲的弟弟，種田柊的推特帳號名稱。

小柊步入職場第二年便辭去工作，從此除了吃飯、上洗手間和洗澡之外，已經整整兩年繭居在自己的房間。

在這之前，結衣為了婚事去晃太郎他家拜訪時，曾見過小柊一次。他和一派運動健將樣的晃太郎截然不同，給人敏感又內向的印象。和晃太郎相差好幾歲的小柊似乎一直在家人的呵護中長大；聽晃太郎說，就連明明嚴厲得像惡鬼的父親都很疼愛這個弟弟。

打過招呼後，大夥一起吃飯。小柊總是靜靜地聽大家聊著，就算結衣主動和他說話，他也只會害羞地回答「是」、「不是」。

所以結衣和晃太郎分手後，收到愁傳來的郵件時，著實嚇了一跳。信上只簡短寫著「我辭職了」，還附上推特的帳號。結衣不明白小柊為什麼要和自己聯絡。

不過，也許是想向家人以外的人傾吐心事吧。結衣並沒有問，想說等小柊願意主動說就行了。

從那時開始，結衣不時會請他幫忙蒐集工作需要的情資，不過這種事無法報帳，所以她都是自掏腰包付點酬勞給小柊。結衣想說他與其成天繭居在家，用推特猛發牢騷，不如找點事做比較好；不過小柊提供的情報都頗正確，也會仔細確認情報來源，足見他是個很有能力的孩子，這樣的他才工作兩年就辭職，一直繭居在家真的很可惜。

結衣一回到家便躺在沙發上，再看一次小柊的郵件。

就算是這樣，我也不認為有這麼糟啊！結衣想。

福永說他賣掉自己的公司，其實真相是晃太郎辭職後不久，其他人也紛紛離職，公司撐不下去，後來被朋友的公司併購。

小柊還說明這次因為調查時間不太夠，所以先報告到此，之後還會繼續從離職員工的社群平臺打探詳情。

「我擔心老哥，怕他又像之前那樣。」

小柊其實很關心哥哥，現在卻不和晃太郎說話的樣子，也沒說為什麼就是了。

結衣關掉郵件。說自己不擔心是騙人的，但當事人自己都說要當救火隊了，旁人也拿他沒辦法。

兩人交往時，晃太郎就經常在公司加班過夜，決定攜手共度一生後更誇張，他幾乎不太回結衣住的地方。兩人為此多次爭吵也沒有任何改善。

我要和阿巧結婚了。我想好好珍惜和另一半的生活。

結衣想轉換心情似地，從冰箱拿了罐啤酒，打開電視。

ＮＨＫ正在重播一部老紀錄片，畫面是一群日本士兵默默走在山裡的黑白影像，好像是在講戰時的事，感覺晦暗沉重。就在結衣想切換頻道時，旁白用陳腔濫調的口氣播報著：

「關於太平洋戰爭，為何還是決定發動這場被說是有勇無謀的戰役呢？」

被「有勇無謀」這詞吸引的結衣將遙控器擱在桌上，就這樣看了一會兒。這場戰事名為「英帕爾戰役」。結衣聽過這名稱，但不清楚是怎麼回事。

「英帕爾戰役是昭和十九年，日軍為了進攻敵方盟軍的據點英帕爾，而發動的一場戰役。一連串有勇無謀的奮戰結果，造成超過三萬名日本士兵犧牲，可說是一敗塗地。」

三萬人，好驚人的數字。結衣怔怔地望著電視畫面。

領軍作戰的是以勇猛果敢著稱的牟田口廉也司令官。這位司令官訂立的作戰計畫可說漏洞百出，明明約十萬大軍要越過緬甸與印度交界的崇山峻嶺，卻只補給了十分之一的糧食與武器，牟田口還誇口即便如此，日軍也能勝利。

只有十分之一的糧食與武器……就連不懂軍事策略的結衣也覺得匪夷所思。

當時有人強烈反對。一名在陸軍待了二十年，堪稱軍需補給專家的小畑信良少將提出不同看法：「沒有做好補給的作戰計畫，只會讓士兵在熱帶叢林中淪為槍下亡魂。」牟田口卻駁斥小畑的看法「太消極」。

果然是戰時，真是令人膽寒的精神論。

無奈時至今日也有這種人，三谷就是一例。說什麼要拚命工作，連假也不休，活脫脫就是有勇無謀的戰役。

總覺得胃疼的結衣索性關掉電視。

當然需要休假，任誰都會有身心瀕臨崩潰的一天，要是無視身心的悲鳴，只知道拚命工作的話，就會像回鍋肉大叔一樣永遠休假。

結衣又拿了一罐啤酒，將冰涼罐子貼著臉頰，思忖著。

三谷要是那麼想當組長，就讓她當吧。這麼想的結衣又覺得不妥，擔心這麼做真的好嗎？三谷肯定不允許結衣準時下班，來栖搞不好會辭職，也許會陷入超乎想像的慘況。

問題是，說理也無法說服三谷。

兩年前的晃太郎也是如此。不管結衣再怎麼抱怨週末還要加班真的很奇怪，他依舊當作耳邊風，所以結衣已經不想再看到那種令人痛徹心腑的模樣了。

結衣緊握啤酒罐。那時的她無法說些讓晃太郎聽進心裡的話，要是能動之以情，或許兩人就不會那麼痛苦地分手吧。

結衣站在窗邊，眺望夜色微亮的東京夜景。在這棟從新宿車站搭電車十五分鐘可達的大樓，眺望得到遠方的摩天大樓群。

結衣的老家更接近新宿。小時候的她總是從獨門獨戶卻稱不上寬敞的住家窗戶，眺望正在興建的東京都廳，周遭摩天大樓也不斷長高。每次因為法會而齊聚一堂的親戚伯叔們不但自豪地說富裕日本是他們一手打造的，還要求結衣體諒常常忙到無法回家的爸爸。

約十萬士兵投入英帕爾戰役，結果超過三萬人戰死沙場。不知有多少家庭抱著父親、兄弟、兒子的遺照，痛哭不已啊！

這時，結衣的眼前浮現從小就一直眺望的父親身影。

——對了！

結衣立刻傳訊息給母親，詢問現在是否可以過去借爸爸的「那個」。

結衣隔天一早到公司，瞥見三谷額頭貼著退燒貼。

雖然吃了市售成藥有止住咳嗽，但好像發高燒的樣子，只見她睜著惺忪睡眼盯著電腦螢幕。這個人可真是頑固！結衣邊這麼想，邊對三谷說：「三谷小姐，妳還是去趟醫院比較好吧。」

「別管我！我絕對不會請假。」

「要是得了流感怎麼辦？公司好像有人中標，所以妳還是去醫院做一下快篩吧。畢竟要當組長的話，自我健康管理也很重要啊！」

「咦？我當組長？種田先生說的嗎？」

「他沒這麼說，但妳不是想當嗎？」

「我、我才沒有！」三谷羞紅著臉反駁，「因為比起工作，東山小姐更看重私生活，所以我可能得擔起這個責任……只是有這覺悟罷了。而且啊，我就算感冒也會來上班！」

「就是有妳這種人，流感才會盛行囉。」等著結衣下達指示而走過來的來栖站在她們身後嘀咕。

「當年我上學途中被車撞到也沒請假，鮮血直流地走進教室，後來被送到保健室簡單處理一下傷口，忍耐到放學後才去醫院。」三谷說。

「好可怕。」

「來栖！你可以閉嘴嗎？」結衣出聲勸阻。

「你從剛才就在那裡碎碎念！」三谷踉蹌地站起來，指著來栖吼道，「我知道你很討厭我！告訴你，我可不吃你那一套！因為我不像東山小姐這麼八面玲瓏。」

八面玲瓏?結衣也惱火了。如果不想招來旁人的白眼,乖乖加班還比較輕鬆,不是嗎?

「我一直在想,全勤獎到底有啥了不起啊?」

來栖果然是來栖,這番話無疑是火上加油。

「我念的高中早就廢止什麼全勤獎囉!就是有人為了拿全勤獎,發高燒還來上學,還有不少父母和老師要求孩子拿全勤獎;問題是,努力要拿這個獎的學生,怎麼說呢?功課也沒好到哪兒去啊!頂多就是看他們這麼努力,不忍苛責罷了。」

面對垮著一張臉的三谷,來栖又加油添醋。

「我覺得步入職場後,能繳出什麼成果才是最重要的吧。」

「來栖,還沒做出什麼成果的你沒資格說這種話哦!」

結衣迸出這句話後,心想慘了。只見來栖轉了一下眼珠,沉默不語。我說得太過分嗎?結衣不由得打了個哆嗦。

「這也是沒辦法的事啊!因為我只有認真這個優點啊!」

此時三谷顫抖著身子,慘叫似地說。

「我們是就職冰河期世代,必須應徵幾十家、幾百家公司,就算拿到內定資格也要擔心是否會被取消。總算找到工作,沒有同期進來的同事,也沒有可以互吐苦水的夥伴,一想到要是被解雇該怎麼辦?就怕得不敢休假。」

三谷痛苦地咳了幾聲後，這麼說。

「所以為了報答願意雇用我的公司，我必須努力回應公司的期待，力求身為員工該有的做事態度。畢竟我除了認真之外，什麼都沒有。東山小姐也是這麼想的，對不對？要是沒了認真這優點，我就沒有容身之處了。」

三谷說完後，哇地一聲哭了出來。只見她一屁股坐在椅子上，緊抓著椅子扶手，一副怕被誰硬是拉起來的樣子。

「所以我絕對不、回、去，我要加班……。」

她的脖子一帶頻冒汗珠。

「實在無法理解，」來栖目瞪口呆，「回應公司的期待是什麼意思？」

結衣趕緊拉了一把椅子坐在三谷旁邊，說道：「三谷小姐，那個……妳可以看一下這個嗎？」

結衣將一幅舊相框遞給三谷。裡頭放著一張身穿米色西裝，面帶微笑的四十幾歲男人照片，一看就知道是泡沫經濟時期的上班族。

「這是我爸的遺照。」

三谷聽到結衣這句話，頓時瞪大眼。

「這張照片從我小時候就一直擺在家裡的電視機上。以前的真空管電視不是很厚、很大臺嗎?我媽為了不讓孩子忘記父親，所以擺上這張照片。」

「呃，所以……禮拜五的法會是……?」

結衣遲疑了一下，回道：「二十五周年忌日。」

三谷用因為高燒而有點昏頭的腦子，拚命計算著。

「東山小姐和我同年……所以是在妳八歲的時候?」

「我爸從不休假，」結衣將相框擱在膝上，窺看三谷的眼睛，「那時還沒有週休二日，但我爸連週日都加班，常常忙到凌晨才回家……。我很想和他說說話，但他在家裡時總是很疲累的樣子，明明都累成那樣了，還去上班，所以我很恨那間公司。那時我還小，不知道什麼是過勞死，只是覺得很不安，很擔心爸爸哪一天會丟下我，去另一個世界。」

結衣對痛苦地嘆了口氣的三谷，說道：「我每次看到三谷小姐就會想起我爸，覺得很痛苦。」

「所以……東山小姐堅持準時下班是因為令尊過勞死的緣故嗎?」

「三谷小姐，」結衣看著三谷的眼睛，「妳說自己除了認真之外，沒有其他優點，真的是這樣嗎?我不認為。我覺得三谷小姐應該還有很多優點。」

聽到結衣這麼說，眼瞳閃現光芒的三谷反問：「譬如說?」

「這個嘛……我和妳還不是很熟，所以不太清楚。不過、不過啊，這個優點總有一天會開花，有助於我們這個團隊，不，有助於公司。所以我希望三谷小姐不要勉強自己，該休息的時候還是要休息，更珍惜自己。」

結衣伸手按著三谷那汗涔涔的手。

「死去的種子還能開花嗎？就是這意思囉。」

三谷看著結衣的手。透過肌膚接觸，結衣感受得到三谷已經打從心底放鬆了。

「東山小姐的手……好冷、好舒服……。」

三谷深吸一口氣，整個人癱靠在椅背上。

「我要回去……幫我叫輛計程車！請我爸媽帶我去醫院……。」

結衣用力頷首，緊握著三谷的手。

「三谷小姐，妳辛苦了。」

要是那時也對晃太郎這麼說就好了。無論是工作、還是和我結婚都不重要，我真的很在乎你，所以不要你就這樣去了另一個世界。

結衣回頭對來栖說：「你扶三谷小姐下樓，我來叫計程車。」

「啊？幹麼把這種事推給我？」

結衣將一臉不服氣的來栖推到三谷身邊，準備打電話時，瞥見晃太郎和福永並肩站在另一頭。他們是什麼時候……？

晃太郎一臉詫異地瞧著結衣，就在他猶豫著要不要開口時——

「果然如種田說的，東山小姐很適合當組長，」福永對晃太郎這麼說，「是吧？她很體貼同事呢！」

結衣不由得看向福永。怎麼回事？一副事不關己似的口吻？這個團隊的頭頭不是你嗎？結衣不禁渾身起雞皮疙瘩。

「福永先生，」等她察覺時，這句話已經迸出口，「好，我來當組長。」妳在胡說什麼啊？趕快收回這句話！另一個自己在吶喊，可惜覆水難收。

「咦？妳是說真的嗎？」晃太郎一臉狐疑地看著結衣。

結衣點點頭，斜睨福永。

「請給我報價單的資料，我要重擬一份。」

聽聞這句話的福永露出鬆了一口氣的表情，「太好了。」他看著結衣這麼說。

第一次正眼瞧著彼此，福永的眼神有點尷尬。

「剛好星印工場也在催第二次的報價單，可是我還不熟這裡的流程，正傷腦筋呢！我馬上傳給妳。」

踩著輕鬆步伐回到自己位子的福永馬上敲鍵盤。

結衣打電話叫計程車後，來栖陪三谷下樓搭車。

結衣放回話筒時，晃太郎走過來。確認四周沒有其他人的他悄聲說：「謝謝妳願意擔任組長……。」

「可不是為了種田先生。」

結衣又看向福永，總覺得那個人將成為自己的天敵。

「我完全不曉得妳是這麼看待妳爸。原來如此……所以妳才會那麼氣我啊！雖然為時已晚，但我總算明白。」

也許是想起兩人總是爭吵的時候吧。晃太郎懊惱似地說。

「對於結衣決定放棄堅持，接下組長一事，我打從心底感激不已。」

結衣蹙眉看著晃太郎，回道：「誰說要放棄啊？我還是堅持準時下班。」

「什麼？」

「我只是不想讓你們這種賭命工作的人掌權，才答應擔任組長。總之，我絕不加班。」

「真的不加班嗎？」

「好了，我得趕緊工作了。」

「好吧，算了，」晃太郎壓抑情緒似地說，「我還是很感謝妳，不過我也有話要說……我可沒說出妳爸的事。」

「什麼事？」

「妳爸明明活得好好的，不是嗎？況且我們兩年前才見過面。」

結衣眨了眨眼說：「我有說他不在人世了嗎？」

「妳喔！」

「說夠了吧？我得趕快處理福永先生傳來的報價單。」

結衣將裝著父親照片的相框塞進包包，嘆了一口氣後，回到自己的位子。

「幹麼非得做到第二十五次啊！」

今年六十四歲的父親趁住持離開時，立刻伸展一直跪坐著的雙腿，還發牢騷。

「一般只做到第十七次吧。不過，要是惹忠治不高興，可就傷腦筋啦！」

忠治是二十四年前過世的祖父，也是今天法會的主角。父子倆一向不合，所以父親到現在還是直呼祖父的名諱。

「惹爺爺生氣是什麼意思啊？」嫂子一臉不解地問。

哥哥說明給她聽：「爺爺彌留之際，我爸還在公司，說什麼有工作要做，不能趕回來。爺爺嚥下最後一口氣之前，痛苦地說：『叫那小子給我做三十三次法會！』是吧，結衣？」

「嗯，」結衣點頭，「……對了。媽，這個還妳，謝囉！」

「哇！這不是妳爸的遺照嗎？好懷念喔！」

「遺照？爸不是還好好的嗎？而且是年輕時的照片。」嫂子疑惑地偏著頭。

「開玩笑的啦！」這麼說的母親難為情地掩嘴，「怕小時候的他們忘了父親長什麼樣子，我就把這個擺在電視機上囉！人家不是說早點準備遺照，反而活得比較久嗎？也是祈禱他千萬別過勞死。」

「爸爸那麼忙，你們一定很寂寞吧？」嫂子說。

「這個嘛，當時啊……。」母親臉上浮現一抹百感交集的笑容。

結衣瞅著一直嚷嚷腳麻的父親。

雙方家長約好碰面，晃太郎卻無故缺席的那天，只有父親一點也不驚訝。面對一直道歉的晃太郎雙親，他還出言袒護，說什麼男人當然要以工作為重。

東山家一行人離開寺院，返家。

結衣走在哥哥一家人的後頭，一旁是默默走著的父親。總覺得有點尷尬的她主動搭話：

「最近好嗎？」

「一點都不好，」這麼回答的父親突然露出期待有人關懷的表情，「爸爸我待的這間公司啊，有在追蹤調查退休員工的生活，結果發現不少人退休後不久便過世。我們這一代為了打造富裕的日本，可說是竭盡心力啊！我最近也覺得身體越來越差……看來離那日子不遠了吧。」

「我聽媽說，你明天要去打高爾夫，那就不要去啊！」

父親沒回應。每次只要不順他的心，就裝作沒聽見。

結衣本來想閉嘴，還是忍不住開口：「爺爺上過戰場，是吧？不曉得他有沒有參與英帕爾戰役？」

「什麼？英帕爾？」找到與女兒共通的話題，似乎讓父親很開心。

「這種事問我就對啦！我可是熟得很呢！尤其最近對歷史特別感興趣，還託書店幫我每個月收集一本近代史，下次再好好跟妳說說。」

「這就不必了。我接下來會很忙，根本沒時間。」

「我說妳這孩子！時間這玩意可以硬擠出來啊！尤其是和父母相處的時間。」

幹麼事到如今才這麼說。

記得小時候，父親幾乎不在家，那是以成為「企業戰士」為目標的時代。結衣每次看到這種人，就覺得好痛苦，卻也拜此之賜，現在成了準組長候選人。

雖然離交件日只剩四個月，但要是我當上組長，還是會讓大家每天準時下班。決心如此的結衣仰望蔚藍晴空。

「從那時開始，電視就越變越薄囉。」

聽到走在前面的母親語帶懷念地說。

第二章

超級職業婦女

時序進入十月下旬，已有寒意，上班成了件苦差事。結衣出了車站，瞧見不遠處有間賣味噌湯的小店，像被味噌香味吸引過去似地打開錢包。

一到公司，順手打完卡的結衣想說先悠閒喝個味噌湯再開始工作時，卻被晃太郎拉進會議室。

「妳是小看公司，還是沒把我放在眼裡啊？」

怕味噌湯燙嘴的結衣一邊小心翼翼地喝著，一邊看著遞過來的紙。

「哦！這不是昨天提交的職涯計畫表嗎？怎麼還沒拿給人事部？」

「我有說是要寫今後十年的工作計畫吧？」

晃太郎搶走結衣手上的計畫表，念道：「明年結婚，三十三歲生下長女，請三年育嬰假；三十六歲生下長男，再請三年育嬰假之後，希望工作型態能改為短期時薪制，方便照顧孩子——妳寫的這是什麼啊？」

「職涯計畫囉！」

結衣喝了一口味噌湯，暖暖的感覺沁入心脾。

「好比十年後想成為管理十間公司案子的部長，或是希望擔任副手一職到什麼時候之類的，應該寫些這種事吧？」晃太郎真的生氣了，「是我推薦妳擔任組長，好歹也想想我的立場吧——怎麼有股腥味啊？」

「啊！這湯有加蛤蜊。你知道車站前面有一間賣味噌湯的小店嗎？我昨晚喝多了，得補肝才行。」

「重寫！」晃太郎將職涯計畫表退還給結衣。

「還有，妳昨天趁我離開座位時下班吧？我不是說星印那案子有重要事要商量嗎？」

「都快下班了，你卻不見人影才過分吧？」

結衣抬頭瞧了一眼牆上的時鐘，快九點了。

「現在是在談論公事，沒錯吧？我會申請十五分鐘的早上出勤津貼，再麻煩你批准。」

晃太郎似乎還有什麼事要說，攔住正要離開會議室的結衣。

「我和人事那邊交涉過了。決定增加一名人手，等一下會過來打招呼。」

「是喔。沒想到還會體恤我們呢！」

就在結衣大為感動時，「呦！東山。」身後傳來聲音。

結衣回頭，瞧見賤岳八重站在敞開的門外。

「不會吧⁈前輩？妳怎麼會在這裡？這是怎麼回事？」

「今天開始回來上班。我們同一組唷！請多指教囉。」

戴著黑色粗框眼鏡的賤岳露出活力十足的笑容，和請產假之前的她一樣充滿自信，沒有絲毫改變。

「東山，沒想到妳竟然自願要當組長？莫非我的嚴格指導終於生效了嗎？」

賤岳是比結衣年長兩歲的前輩，畢業後就在這間公司待了十一年，算是這間創立十二年的公司的元老級員工。結衣是她第一次帶的新人，所以賤岳格外照顧她。

可是……總覺得怪怪的。結衣屈指算著到底是多久前收到賤岳傳來告知順利產下雙胞胎的喜訊。

「前輩，寶寶才出生一個半月，沒錯吧？產假不是八週嗎？」

「只要當事人願意，最短六週就可以復工囉。」

的確是這樣規定沒錯，但為什麼要提早復工？

「我們公司的育嬰假最長可以請到三年吧？」結衣問。

「怎麼可能請這麼久！再請工作就開天窗囉！」

「誰來照顧雙胞胎？」

「我老公請育嬰假。雖然他有點不滿啦！但我來顧的話，也是要請產假啊！況且只要照顧到孩子上托兒所就行了。」

「是喔……老公照顧啊。」結衣雙手交臂。

「時代變囉，」賤岳感慨良深地說，「總之，我會從今天開始加倍努力！咦？怎麼啦？東山，幹麼不說話？」賤岳窺看結衣。

「她應該是被賤岳小姐的氣勢嚇到吧。」晃太郎調侃結衣，還將結衣的職涯計畫表拿給賤岳看。

「什麼？預計請六年的育嬰假？東山，妳果然還是那麼天真啊！一點都不了解現在的趨勢。妳覺得請這麼久的假，還回得來嗎？」賤岳豪爽笑道。

「況且要是沒對象，也不可能明年結婚啊！種田先生，你知道嗎？她兩年前本來要結婚呢！」

「前輩，別說了。」

結衣沒向賤岳提過晃太郎的事，所以賤岳沒察覺結衣尷尬不已，還是說個不停。

「那時她真的很誇張，每天晚上借酒澆愁，早上再喝蛤蜊湯解酒，都是我陪她呢！」

晃太郎也很尷尬的樣子。

「總之，重寫一份計畫表，聽到沒？」

晃太郎這麼叮囑結衣後，步出會議室。門「碰」地一聲關上時，賤岳突然沉默地凝視著門扉，喃喃道：「不知不覺間，種田先生就升為副部長了。」

「前輩，其實我有交往對象。」結衣確定晃太郎走遠後，告訴賤岳，「雖然才交往一年，但我們打算明年結婚。」

「哦？是喔？」賤岳瞬間將視線移向結衣。

「我還沒告訴其他人，所以請前輩保密唷。」
「恭喜！真是太好了。」
結衣回了句「是啊」，喝光剩下的味噌湯。
「猛吃哈根達斯、巡禮各地能增強好運的景點、還有傷心小旅行等等，謝謝前輩一直在旁邊陪伴我，給妳添了不少麻煩的我終於也找到幸福了。」
「小事啦！沒什麼，只要妳能過得幸福就好了。畢竟我可是一路看著妳到現在，就像自己的妹妹囉。」
「東山結衣，這次一定要幸福！」
結衣將紙杯擱在桌上，握著賤岳的手，賤岳也用力回握。
「好！同樣身為已婚人士的我們一起努力吧！我來開路，妳要跟上喔！我要證明就算結婚生子，一樣也能做好工作，我們才不需要什麼育嬰假！」
「呃，我還是需要……。」
結衣想縮手，賤岳卻緊握不放，還愈握愈用力。
「期待我們今後的發展吧。十年後一起升任高層幹部！加油！」
賤岳舉起手，結衣的手也硬是跟著高舉，被緊握的手指骨頭好痛。

總算鬆手的賤岳離開會議室。結衣想起晃太郎說星印工場一案有重要的事要商量。預定下午去星印工場開會。關於這件透過部長福永清次接到的網頁更新案，結衣希望多了解客戶的要求，想說先去找晃太郎談談比較好。

「你說的重要的事是什麼？」結衣問坐在位子上的晃太郎，只見他瞅了一眼坐在後面的福永。

「現在有點不太方便……去了星印之後再說吧。」

「是喔，知道了。」因為福永在，所以不方便說嗎？

結衣邊走回位子，邊反覆思索小柊今早傳來的郵件。

晃太郎辭職後，為何福永的公司留不住其他員工？信上寫道今後會詳細調查。

雖然兩人交往時，晃太郎不曾向結衣提過公司的事，還有社長福永的事，但大概能想像是什麼樣的公司。若都是接些像這樣打腫臉充胖子的案子，當然留不住員工。

所以晃太郎想提醒結衣，福永有著這樣的過去嗎？

——不可能，應該不會吧。

這男人曾回答結衣，工作比婚姻大事重要，而他那時的老闆是福永；換句話說，晃太郎選擇跟隨福永，而不是結衣。

但還有個疑問，為何晃太郎辭職後，跳來結衣工作的這間公司呢？

——為了提升工作資歷，也只能來這間公司吧。

畢竟這業界不大，有規模一點的公司沒幾間。晃太郎曾被挖角，況且他是個無論有沒有論及婚嫁的對象，都不會公私混為一談的男人。

結衣做個深呼吸，轉換心情，準備開會用的資料。

明明天氣越來越冷，星印工場總公司的門廳卻展示著明年的春夏新裝。還沒整理出冬衣的結衣，楞楞想著有種被季節追趕的心情時，冷不防被晃太郎喚了一聲「快跟上來啊」。

來到會議室，客戶一方的網站負責人遞出名片。

「我是牛松翔，前幾天剛接手這件案子。」

沒想到對方這麼年輕。看起來只比結衣帶的新人來栖稍微大一些，約莫二十五歲。

「前任負責人說，交給福永先生就對了。」牛松露出只是來跑腿告知似的無邪表情，這麼說。

「這樣啊！雖然我換公司了，但交給我，沒問題的。」福永回道。

「真是太好了。因為我對這案子還不是很清楚。」

「哪裡、哪裡。請多指教。」

不想浪費時間的結衣將牛松的名片擱在桌上，說道：「謝謝貴公司委託我們公司製作。今天是想針對這次的網站更新案，確認幾項要點。」

「咦?確認要點的意思是……?」

只見牛松雙眼圓瞠，一臉錯愕。

「我們想仔細問清楚網站的哪些部分要修改，再確定更新範圍有多大，然後以此估算作業量，提出正式報價單。」

「正、正式報價單?這、這是怎麼回事?我已經向上司報告用三千五百萬日圓發包，書面審查也通過了。」

結衣懷疑自己聽錯了。

「關於那個三千五百萬……是福永在上一次會議提出的報價，所以那是粗估，並非正式報價。」

結衣知道自己的笑容很僵。就算是前任負責人說可以放心交給他們，但沒有收到正式報價單就通過書面審查，天底下有這種事嗎?

「怎麼辦?這下子預算金額會增加。」牛松露出猶疑眼神。

畢竟對方是客戶，結衣只好擠出笑容，重整心緒說：「這樣好了。我們會以三千五百萬日圓能夠做到的範圍，重新提案。」

「咦?意思是要減少更新範圍嗎?這樣我會很傷腦筋。」

「……若要滿足您的要求，勢必得追加預算。」

「呃，可是……我已經跟上頭的人說，三千五百萬就能搞定。」

牛松一副快哭出來似地看著福永。福永悄聲嘆氣，看向結衣。

「不能想想辦法嗎？」

「真的沒辦法。」結衣回道。

「可是這麼做，牛松先生會惹惱上司。」

這也是沒辦法的事，不是嗎？既然福永覺得惹惱上司的牛松很可憐，就該事先告知預算可能會增加。

「我明白了。」晃太郎出聲。

只見他給了結衣「妳給我閉嘴」的眼神後，對牛松說：「我們會試試看能不能以三千五百萬的預算，達到你們的要求。」

「等等，種田先生——」

晃太郎用手勢制止試圖抗議的結衣，說道：「不過老實說，真的很困難。畢竟現在和貴公司當初發包時的情形不同……。福永現在任職我們公司，所以他的頭銜不是社長，而是第一線的幹部，所以沒有權力依個人判斷給予客戶比較大幅的折扣。」

原來如此，難怪晃太郎在公司的評價這麼高。結衣想。他這樣的應對不但顧全牛松的難處，也清楚傳達實際情況。

「我們會努力斟酌，但無法保證一定符合您的期望。」

牛松一副快哭出來的樣子，大概擔心如何向上司交代吧。晃太郎似乎看穿他的心事，說道：「倘若真的不行，就向上面報告是我們公司無法接這案子，這麼一來，牛松先生就不必擔這責任。如果需要的話，我也會親自賠罪。」

「真的嗎？」牛松那張臉剎時變得開朗，「這樣就好，我就放心了。我會說明我們的要求，下週一可以提出正式報價單嗎？」

「沒辦法，因為還要仔細估算作業量，至少要花上兩週。」結衣說。

一旁的晃太郎悄聲叨念結衣：「拚死命做，三天就能完成。」

隨即他又對牛松說：「下週一提出沒問題。」

步出星印工場總公司的門廳，晃太郎突然向福永行禮致歉：「我說了讓福永先生顏面盡失的話，真的很抱歉。」

結衣一頭霧水地交相看著兩人。福永倒是了然於心似地搔搔頭，拍拍晃太郎的肩。

「別這樣，那種情況下也只能那麼說吧。我沒事的，別擔心。」

露出哀傷眼神的福永這麼說之後，獨自往前走。結衣問晃太郎：「他要去哪兒？」

「去吹吹風吧。別看他那樣，其實他是個很脆弱的人。」

「什麼意思？難道是因為剛才的會議？」

晃太郎只是代替福永說出他應該說的話，不是嗎？

「因為他耳根子軟，所以很難拒絕客戶的要求。」

「我說，種田先生。」結衣忍不住開口。

「我知道，」晃太郎瞅著地面，這麼說，「因為福永先生的個性，我在前一家公司吃了不少苦頭。」

晃太郎先邁開步伐，兩人邊聊，邊走向車站。

因為福永盡是接些吃力不討好的案子，搞得員工累到沒空休息，業績也跟著下滑，看來和小柊調查到的情資一樣。

「那時的我覺得再待下去，看不到將來，」晃太郎停下腳步，抬頭看著紅燈，「但福永先生對我有恩，是他收容了大學時因為肩傷，只好放棄職棒這條路的我。所以我比別人加倍努力，告訴自己絕對不能讓他失望，卻也因此埋下禍根。我離開公司後，許多案子不但無法準時結案，品質也一落千丈，福永先生的公司頓時失了信譽的樣子。」

紅燈變成綠燈。結衣追上逕自往前走的晃太郎，說道：「莫非你覺得是自己害福永先生被迫收掉公司？」

「我聽說福永先生要來我們公司時，頓時有種罪惡感，想說至少要幫他到熟悉工作環境為止。」

這就是昨天想談談的重要事情嗎？

「你希望我也一起幫助他？」

晃太郎頷首，眉頭深鎖，回頭望著福永離去的方向。

「不過，我很驚訝，沒想到他還是不改作風。這案子恐怕很難進行下去吧。報價單我來擬，沒道理再丟這種不合理的工作給妳。」

結衣直盯著難得口氣如此悲觀的晃太郎，總算明白小柊為何擔心哥哥的心情。這個人總是什麼事都往自己身上攬，交往那時也是，從不在結衣面前提起工作的事。

「不，我來擬報價單。」結衣說。

離開會議室之前，他們給了牛松一個建議，那就是為了以防萬一，還是找找看有沒有其他公司能接手這案子。

「畢竟預算只有三千五百萬，就算拜託別家公司也會碰壁吧。到頭來還是會找我們幫忙。總之，我來擬報價單吧。不過我會按實際金額來擬，而且以不加班為前提，如何？」

晃太郎先是露出有點猶豫的神情，「也是啦。也許這麼做對福永先生比較好。」隨即了然於心似地頷首。

「雖然福永先生現在不是社長了。但他還沒褪去以往的光環，或許結衣這麼極端的類型能給他正向刺激吧。所以妳很適合擔任組長。」

結衣凝視晃太郎。猶豫著該不該說的她還是忍不住開口。

「我說晃太郎你啊，有時還真是無情呢！」

不自覺地直呼名字。結衣為了緩和情緒，瞄了一眼手錶，已經五點半了。

「現在回公司，已經過了下班時間，恕我直接回家。」

「等等！」晃太郎瞇起眼，「妳說無情，什麼意思？」

「不知道就算了。走囉。」

結衣大踏步地往前走。

什麼這麼做都是為了福永，難道你忘了婚事告吹的原因嗎？不就是因為你過勞昏倒嗎？你自己都說之所以無法好好休息，就是因為福永的關係，為何還要為這種傢伙費心盡力？……笨蛋！

「妳有在聽嗎？」

遠處傳來諏訪巧的聲音，結衣猛然回神，意識到自己正在餐廳用餐。

「不好意思，我在想工作的事。」

結衣一口喝光服務人員倒的白酒。

「真難得，結衣下班後還會想工作的事。妳嘗嘗這個炸蔬菜，下次我也來做做看吧。」

「哦？這可以自己做啊？」

「不知道能不能成功就是了。但我喜歡烹飪嘛！」

兩人約好碰面，真是太好了。結衣想。不然這時肯定又是在上海飯店暢飲一番吧。

晃太郎拜託結衣擔任組長時，曾說認同她的工作態度。結衣明白他是基於一般同事關係才這麼說，所以內心深處有種難以言喻的落寞，卻還是很開心，畢竟兩人交往時，晃太郎從沒誇讚過她。

但搞不好他是為了福永，才迸出那番說詞吧。

「這禮拜四安排妳和我爸媽碰面，如何？那天剛好是國定假日，而且我媽說啊，這種事要打鐵趁熱，妳覺得呢？」

這週遇到國定假日，還真的只有三天時間能擬報價單。結衣用叉子叉向涼拌章魚。晃太郎這傢伙！還說什麼拚死命地做！

「結衣，怎麼啦？怎麼皺著眉頭？」

「啊，沒事，那天我可以。」

結衣吞下章魚片的同時，也將福永、晃太郎拋諸腦後。

「那就好。不過，見我爸媽之前——」

有個涼涼的東西戴在結衣手上，莫非是……。這麼想的結衣一看，是枚戒指。透明的礦石閃耀著又銳又冷冽的光芒。

「哇！這是鑽石嗎？好大顆喔。應該很貴吧？」

「是啊。畢竟一輩子只有一次。」

工作早已從腦中抹消，欣喜不已的結衣想像阿巧去珠寶店選購這枚戒指的光景。就在婚戒被水晶燈照耀得光燦奪目時，「咦？那不是東山小姐嗎？」傳來福永的聲音。

該不會因為太在意福永，而產生幻覺了吧。就在結衣這麼想時，視線從鑽石移到福永身上，還真的是他。

只見站在桌旁的福永脫掉西裝外套，一派悠閒。

「該不會是什麼重要時刻吧？東山小姐要結婚嗎？」

口氣異常親切。不過，他只看著結衣這麼說。

「呃……這位是？」阿巧問。

「我們部門新來的上司福永先生，」結衣無奈介紹，「福永先生，這位是我論及婚嫁的對象，諏訪先生。其他同事還不知道，麻煩幫忙保密了。」

「嗯，我明白。不過，大家要是知道，肯定很驚訝。」

「福永先生怎麼會在這裡？」

「妳認識丸杉先生吧？就是他介紹我來這間公司。他擔心我不適應新環境，所以約我吃飯。我先走囉。」

福永離去後，又回復寧靜。阿巧注視著結衣，問道：「妳還沒告訴公司同事，我們要結婚的事嗎？」

「嗯，還沒，」結衣含糊其詞，「想說雙方家長碰過面再說。那個……上次先告訴同事們，結果婚事告吹，我受到的打擊不小。」

「我明白，這件事在妳心裡留了個疙瘩。不過妳放心，這次和上次不一樣，我們會結婚的，所以儘管向大家報告這個好消息。」

結衣點頭，阿巧將婚戒戴在她的無名指，尺寸剛好。總算走到這一步了。只要和阿巧結婚，我就不再是孤單一人。

無名指上的婚戒沐浴在街燈下，結衣帶著微醺心情，走在回家路上。

如同阿巧說的，這次和上次不一樣，也不是坐在便宜的居酒屋，邊將氣泡飲倒進燒酒杯，邊聊著、聊著就被求婚了。而且他也不會說什麼戴著婚戒會妨礙打字，所以對這東西沒興趣之類的話。

畢竟最後與晃太郎的婚事還是告吹，所以那時沒戴上婚戒，真是太好了。

結衣會激動質問因為過勞而昏倒，結果沒出現在雙方家長碰面場合的晃太郎：如果婚後還是這樣，根本無法一起生活。我們都要工作，家事也要一起分擔，你做得到嗎？

那時晃太郎的回答是——那妳就當個家庭主婦，我來賺錢就行了。

阿巧和晃太郎恰恰相反，他希望另一半能兼顧工作與家庭，當然他也會分擔家事、幫忙照顧孩子。只能說，兩個男人面對婚姻的態度和看法大相逕庭。

結衣到家時，收到小柊傳來的郵件，馬上打開確認。

「我查到福永公司的員工以前在社群網站發布的日誌。總之，福永對於客戶的要求照單全收，都是接那種利潤低到像是在做善事的案子。」

果不其然啊！結衣頓時醉意全消。

小柊對於報告遲交一事致歉。看起來，曾在福永手下做過事的人似乎都很怨恨他，所以這封郵件的內容讓人心裡很不舒服。

結衣趕緊回信。

「不好意思，讓你傷腦筋了。可以不用調查了。」

現在不是胡思亂想的時候。結衣一邊將婚戒放回盒子，一邊決定擬妥報價單後，就向大家宣布喜訊。

隔天早上，九點準時坐在辦公桌前的結衣開始處理報價單。首先，必須調查並確認組員們能夠配合的工作時間。

要先問誰呢？結衣抬頭時，賤岳的身影恰巧掠過視野。她提著百貨公司的紙袋，穿梭辦公桌之間，發送點心。昨天她來拿報到手續的資料，今天正式回來上班的樣子。

「我請產假期間，給大家添麻煩了！」

「前輩！」結衣站起來。

詢問賤岳能空出多少時間協助處理星印工場的案子時，只見她露出大膽無畏的笑容。

「我完全能配合。」

「可是妳才剛回來，就這麼積極投入工作，真的沒問題嗎？」

「妳在說什麼啊？就是因為剛回來才要更積極呀！孩子交給我老公照顧就行了。就算要我加班也沒問題喔！」

「那麼，實際工作時間就暫時以之前的三分之二來計算吧。」

賤岳一把攫住佯裝沒聽見，準備去問其他人的結衣的肩頭。

「等等，東山。不能因為我有家庭要照顧就心生同情，我也絕對不會以照顧孩子為由遲到、早退，所以希望妳對我也是一視同仁。」

「我沒有同情前輩的意思啊！」

結衣只是希望自己擔任組長時，不讓組員承受無理的要求。就在她想將這想法清楚告訴賤岳時，「呦，妳就是賤岳嗎？」只見一手拿著馬克杯的丸杉宏司常務信步走來，打量似地瞧著賤岳。

「我聽說了。妳才請了六週產假就回來上班，是吧？一下子就這麼積極投入，連加班也可以，會不會太心急啦！而且老公還請育嬰假?!到底是什麼樣的上司允許男人請育嬰假啊！對職場來說，根本就是一大負擔嘛！哈哈哈！」

拿著工作排程表來和結衣商量的來栖看著丸杉，悄聲耳語：「他是新來的高層嗎？」

結衣點頭。

之前任職網路新聞公司的丸杉，於今年夏天以常務身分進入公司。他好像是因為和社長認識還是什麼的，因應公司擴充規模而被招聘進來的吧。很少進公司的他每次一來就會遊走各部門，和大家閒聊。

「剛好我打算推動一項名為『女性自我提升』的計畫，」丸杉伸手搭著賤岳的肩，揉捏著，「現在一間公司要是沒有女性高層幹部，不覺得很落伍嗎？所以我正在尋找適合作為典範的女性；可惜大部分單身女性都不太適合，不然就是生完小孩後，就不工作了。所以妳很符合我要的條件！是個一點也不輸給男人的女人。」

「他就是那種有男尊女卑思想的傢伙吧，」看在平成出生的來栖眼裡倒是頗新鮮，「昭和出生的人好強喔！」

「別把我跟他混為一談！」

結衣也是昭和出生的。但丸杉那種迂腐的思想，就連父親那世代也不會如此，何況丸杉更年輕，頂多五十幾歲。

沒想到賤岳卻很開心似地湊向丸杉。

「這計畫很棒，我也想自我提升。」

「自我提升吧！成為自由飛翔的女人！」

「什麼叫做自由飛翔的女人？」

來栖這麼問，結衣也不曉得到底是什麼意思。這句流行語是在結衣出生之前誕生的。

「不行！我憋不住了，」丸杉看向結衣他們，「妳看這個。」

丸杉將馬克杯遞向結衣，杯底有咖啡垢。

「怎麼了嗎？」

結衣盯著馬克杯，丸杉不太高興地要將馬克杯塞給她。看結衣還是反應不過來，來栖趕緊說：「您要洗馬克杯，是吧？」

隨即指著走廊盡頭說：「茶水間在那裡。」

「我去茶水間幹麼？」丸杉臉上浮現一抹冷笑。

「您不是要洗馬克杯嗎？那裡有流理臺。」

「你這個毛頭小子在胡說什麼啊！」

「不好意思，最近的新人比較口拙，我拿去洗。」

賤岳趕緊伸手接過馬克杯。

「呦，果然反應快。我很期待女性高層幹部誕生哦！至於妳啊，我看這輩子是結不了婚囉！」

丸杉對結衣撂下最後一句話後，轉身離去。

「妳過來一下。」

賤岳用下巴向結衣示意。她帶新人時，也常做這動作。

結衣交代來栖一些事情後，來到走廊。拿著馬克杯走向茶水間的賤岳說：「妳那是什麼態度啊？而且妳是怎麼教導新人的？」

「我才想問是怎麼回事呢！」跟在賤岳後頭走進茶水間的結衣說道，「前輩，妳到底是怎麼回事啊？要是以前的妳遭受言語性騷擾，肯定會用繩子將對方五花大綁，送交法規委員會處置，我說的沒錯吧？」

賤岳嘆氣，清洗手上的馬克杯。

「東山啊，等到妳結婚或懷孕時，就得面臨一些取捨囉。」

「取捨什麼？為了坐上高位，不惜拍那種傢伙的馬屁嗎？」

「對！我就是想當！」

賤岳將手上的海綿用力扔進流理臺。結衣見狀，嚇了一跳。賤岳注視著飛濺到手上的泡沫，說道：「我的敵人不只男人，還有中途進來的三谷佳菜子小姐。我請產假前，她曾跟我說，要我就算生小孩也別請假，所以我休完六週產假回來上班時，曾向她道歉；她說我應該帶著點心，向大家一一賠罪才行，不然很難挽回人心。」

還真像三谷會說的話。她自己上禮拜還不是因為感冒，請了三天病假。

「她還說我有老公和小孩要照顧，竟然想當職業婦女，真是搞不清楚自己有幾兩重；所以我一想到回來後，要是連個位子也沒有就覺得很不安。我每次餵奶時，就會想說要是沒生小孩就好了。想著、想著就會掉淚。」

「我想，她應該不會再說這種話了。畢竟她也經歷過一些事。」

「東山，我好不甘心喔。為什麼升官的總是男人？為何有沒有小孩對他們來說也沒差？所以我想做給他們看，證明我結婚也不會影響工作，而且能和男人並肩工作，為後輩開創一條路，哪怕遭受言語性騷擾也不算什麼。」

「為什麼這麼在乎別人說的話呢？」結衣無法理解，「不管別人怎麼說，妳都能堂堂以對，我從新人時期開始就很仰慕這樣的前輩啊！」

「現實可是很殘酷的哦！」

賤岳擦乾馬克杯後，走向常務辦公室。

結衣一邊打開上海飯店的門，一邊回想今天下午的慘況。

表明願意為了這次的案子加班的人不只賤岳，吾妻也說「願意全力配合」。這麼一來，根本無法準確估算上班時間內可以做到什麼程度，以及大家可以配合的時間。

「我不想加班。」只有來栖這麼說，還少報了實際可以配合的時間。結衣倒是很想對他說，你多加油吧。

「來杯啤酒！」

結衣舉手點餐卻沒人回應。老闆娘王丹坐在收銀臺內側，專注地盯著筆電螢幕。今天沒看到工讀生。

「這家店服務很差耶。這裡就是東山小姐常來的店嗎？」

三谷環視店內。她說有事要商量，硬是跟來。

她還是老樣子，也屬於「加再多班也在所不辭」一組。或許對她來說，因病請假三天就是很大的改變也說不定。

王丹總算出來接待，只見她冷冷地說：「限時優惠已經結束了。」

「啊？我們是二十五分來的，優惠不是到六點半嗎？」

「可是現在已經三十一分了，請節哀順便。以原定價點兩杯啤酒，是吧？」

王丹一臉不耐煩地轉告廚房那邊。三谷皺眉。

「真是不敢相信。明明是店家晚了幾分鐘才過來接待。」

「好了啦！就是一家不拘小節的店嘛！」

王丹走過來，將兩杯啤酒「咚」地一聲放在桌上。三谷又蹙眉。

「妳起碼也笑一下吧？」

「已經是晚上，很累了。不想笑。」

「再怎麼累也要面帶微笑，這是基本待客之道吧？」

王丹嫌煩似地搖搖頭，又回到後場。

「好了，別氣了。誰叫這裡既便宜又好吃，讓人無話可說囉。」

一旁的熟客大叔插嘴。他正在大啖一大盤餃子。

「就算便宜又好吃，也要親切待客。」

「三谷小姐，先乾一杯吧。辛苦了！」

結衣大口喝著。泡沫通過喉嚨，金黃色液體彷彿蔓延到四肢末端。三谷也閉上眼，痛快暢飲。

「今晚要點什麼好呢?上海風炒麵嗎……?」

三谷一把搶走結衣手上的菜單,說了句:「妳真是夠了。」

「啊,對不起,只顧著自己看菜單。」

「我有事要找妳商量。我昨天試著模仿東山小姐不加班,可是空下來的時間沒事可做,一點事情也沒有。」

「呃……應該不會沒事可做吧,譬如約誰去吃飯之類的。」

「沒那種對象。」

三谷怨恨地瞅著結衣。可能是皺眉皺得太用力吧,還皺出一道痕跡。

「東山小姐真好啊!有男友陪伴,就是之前和妳一起從餐廳走出來的那位吧?」

「哦?東山交新男友啦?」

愛吃辣的大叔聽到,這麼問。他今天吃擔擔麵。

「太好了。這次要是能順利結婚就好了。之前那個男朋友,就是那個運動風小哥,呃……他叫什麼名字?」

「夠了,別說了。」結衣不想讓三谷知道自己的不堪往事。

「好!我得來想想婚禮祝詞,」餃子大叔起身,將蓮花當作麥克風,「呃……俗話說,人生有三段坡道——」

「我打算在婚宴上醉個痛快！哈哈哈！」愛吃辣的大叔笑著。

結衣嘆氣。看來這下子有得鬧了。

「上坡道、下坡道、還有『意想不到』。」

說到「意想不到」這字眼，熟客大叔們還嬉鬧地一搭一唱。說什麼應該是三個袋子，不對，說是三根絃比較時髦之類的，恣意唱和著。

「東山小姐在這裡也很受歡迎呢！」三谷的聲音聽起來有點陰沉。

「要是三谷小姐每天來，也會和我一樣啦！」結衣用不輸給大叔們的高分貝說著，三谷似乎沒聽進去。

「妳的人生還真是順遂啊！不但工作順心，還深獲種田先生信賴。」

「拜託！只是因為我待得比較久，而且他覺得我最適合協助福永先生罷了。」

胸口像被針刺了一下。沒錯，對晃太郎來說，我就是這樣的存在。

「可是你們感情好好喔！常常會交談，好羨慕。」

「才不好。」

就在結衣強烈反駁時，有人推開店門走進來。應該是常客吧。結衣一回頭，不禁怔住。

只見晃太郎喃喃自語：「果然在這裡。」

「結衣，借一步說話。」

三谷聽到晃太郎直接稱呼結衣，臉色很難看。

「你們果然感情很好，不是嗎？」

熟客大叔頓時安靜下來。餃子大叔邊窺看結衣的表情，邊向晃太郎打招呼：「呦……晚安。」

晃太郎點了一下頭，趕緊招手示意結衣過來。結衣只好起身向三谷說了句「不好意思」，祈禱大叔們不會向三谷說些什麼。

「小柊上了救護車，被緊急送到醫院。」

步出店門外的晃太郎說道。他眼神嚴厲地看著一臉詫異的結衣。

「他的氣喘發作，幸好馬上穩定下來。聽我爸媽說，他最近好像在拚命調查什麼的樣子，是妳吧？是妳叫他調查什麼吧？」

「對不起，他跟我說過身體不太好，但沒想到會這麼嚴重。」

「拜託妳別再叫小柊做任何事，可以嗎？」

結衣坦率點頭，也很後悔隨便請他調查福永的事。

「不過，我也想問問，小柊為何成了繭居族？」結衣問，「為什麼小柊的情形變得那麼糟？兩年前到底發生什麼事？」

「我要是知道就不會那麼傷腦筋了。」

晃太郎用力踩著通往地面的樓梯離去。

結衣回到店裡，大叔們的演講大會結束，各自坐回自己的位子小酌。

「我要走了。」

三谷站起來，連結衣的啤酒杯也空了，滿臉通紅的她睜著死氣沉沉的雙眼。也許三谷喜歡晃太郎吧。結衣想。

「就算不加班也沒有任何好事，不是嗎？」

三谷嘀咕著，付了自己的餐費後，便離開了。

好累。結衣想。但疲累的時候，更要好好吃東西才行。她決定點上海風炒麵。

王丹走過來，遞向她的不是帳單，而是筆電。

「登錄吧。這是結衣妳有加入，可以看懷舊連續劇的平臺。」

「我之前也說過，這個影音平臺是我付費看的耶。要是告訴王丹密碼，不就違反規定了嗎？」

「幹麼這麼死腦筋，一起看就行啦！」

王丹滿不在乎地說，催促結衣輸入密碼。畫面出現《給星期五的妻子們》這片名，這是結衣出生前不久的一部連續劇。

「這是講不倫戀，看了很臉紅心跳呢！我要推薦給大連的朋友。」

「不倫戀啊……。」

想起兒時回憶的結衣喃喃自語著，深嘆一口氣。

「阿巧很會做家事呢！他的煎牛肉超級美味哦！」

阿巧的母親微笑地說。她將香檳倒入在義大利買的酒杯。

「應該是和外子很像吧？他爸也會幫忙做家事，在我們這世代可是很稀奇呢！我們家很前衛吧？」

「是啊。好厲害喔！難怪他也這麼會做家事。」

結衣總算鬆了一口氣，諏訪家的氣氛讓人很放鬆。擁有大車庫的獨棟房子，寬敞的客廳，桌上擺著麥森、Arabia 等名牌餐具。阿巧的母親燒得一手好菜，父親溫和親切，心情放鬆的結衣喝了不少酒。

「妳放心，這小子也很喜歡打掃。」阿巧的父親用力頷首。

「不好意思，我爸媽就是愛說笑。」

結衣好羨慕，因為她從沒被父親誇獎過。

用完餐後，「結衣，妳坐著就行了。」阿巧的母親這麼說，開始收拾碗盤。

「我也來幫忙！」阿巧的父親也走向廚房。

結衣悄聲問阿巧：「你還會烤牛肉啊！常做嗎？」

「買鑄鐵鍋時，試著做了這道料理，結果我媽他們念念不忘那時的美味，說什麼下次再做的話，恐怕比不上這次囉。」

看來諏訪家相當重視「吃」這件事，雖然結衣也是，但對於食材和料理方法並沒那麼講究，只要適合配啤酒，什麼都行。不過要是和阿巧結婚的話，恐怕不能這樣。

「你也很喜歡打掃，真的很自律。」結衣換了個話題。

「嗯，我在自己的房間保養露營用品時，總是弄到不知不覺就天黑了。而且有些東西需要特殊藥劑清潔，還費了一番功夫才弄到手。」

居然講究到這般地步？不想鑽牛角尖的結衣一口氣喝光剩下的香檳，將杯子拿到廚房時，瞧見阿巧的母親正在切蛋糕。

「啊，剛好有件事要麻煩結衣呢！」

「是。」結衣邊回應，邊環視廚房。沒看見阿巧的父親，流理臺上堆著一大堆餐具，原來他父親只是幫忙端過來。

「我聽阿巧說，你們會一起分擔家事？現在的媳婦可真是好命啊……。」

「啊，是的，和以前比起來的確如此，現在不少男人都會做家事。」

「可是啊！」阿巧的母親一臉認真地邊切蛋糕，邊說，「網路業界很辛苦吧。要是連家事也得顧，就沒什麼時間做自己喜歡的事了。我希望如果可以的話，盡量讓阿巧過著像現在一樣的生活，像是每天晚上幫他燙好襯衫囉。聽說結衣每天都準時下班，這樣就有很多自己的時間，是吧？我和他爸都覺得那孩子找到賢內助呢！來，把這拿去給阿巧。」

阿巧母親遞出的盤子上裝著最大塊的蛋糕。

「那孩子不吃店裡賣的蛋糕，所以我週末一定會做給他吃。」

現在的氣氛讓結衣實在沒辦法說什麼我沒做過蛋糕之類的話，只好默默接過盤子，說了句：「我會努力的……。」

隔天早上，結衣總算完成報價單，交給晃太郎過目。

「果然超過預算，只能減少更新範圍或是追加預算，不然我們會虧本。」結衣說。

「嗯，果然啊！」晃太郎一副不出所料的口吻，「等福永先生有時間，我和妳一起去向他說明。」

「好。那個……這次作業時間很緊迫，謝謝你幫忙分擔不少。託種田先生的福，只花了三天便完成……有點嚇一跳。」

這個人說可以，就真的可以。結衣盯著晃太郎的襯衫，他穿的是那種不必用熨斗燙過，只要丟進洗衣機洗就行的襯衫。

晃太郎從大學畢業後，便一直獨自生活，常做的料理不是拉麵就是炒麵、炒飯之類；每次結衣喊餓，他就用冰箱現有的食材來料理。總之，晃太郎的口頭禪就是肚子餓的時候，什麼都好吃。

結衣一回神，發現晃太郎也盯著她看。

「聽說妳要結婚？」

咦？結衣有些狼狽。「為、為什麼你會知道？聽誰說的？」

「福永先生。他說在餐廳看到妳被求婚。」

「明明請他別說出去啊！」結衣看向福永的座位，他不在。

「拜託他別說出去是沒有用的，恐怕大家都知道了……。是那位諏訪先生嗎？提案說明會時曾見過，看起來人很好，恭喜。」

晃太郎的視線又回到電腦螢幕，開始敲鍵盤，專注手上的工作。恭喜啊……他倒是挺乾脆嘛。

結衣怏怏不樂地回到座位，瞧見等她回座的來栖正在翻閱公司內部報紙。

「今天要做什麼比較好呢？」

「這種事應該一早就來問我吧。現在都快中午啦！」

「可是東山小姐很忙啊！」

來栖垂著眼，結衣搶在他說出「我還是辭職算了」這句話之前先發制人。

「其實來栖的工作能力很不錯，我想只要再一點，再努力一點點，就能出類拔萃囉。」

「真的嗎？好！我會記住東山小姐的建議。」

聽到結衣這番誇獎的他開心回座，處理結衣交辦的工作。好累喔。結衣正要收拾報紙時，突然被一排字吸引。

「超高速歸隊！我們公司誕生了超級職業婦女！」這個標題躍入眼簾。

原來是賤岳接受了採訪。

「我想開創一條路。在美國，有婦女產後三天便復工，這在日本可是行不通呢！幸好我家是雙胞胎，所以產假請一次就行了。今後職場要的就是像我這樣講求效率的職業婦女吧。是啊，平安健康生下孩子真是太好了。不過，運氣也是一種實力吧。另一半獨立照顧雙胞胎好像很辛苦？一點也不會，因為外子喜歡照顧孩子。我們家講求分工合作，所以要我加班、熬夜趕工，全都沒問題。我是在樹立職業婦女的新標竿，後輩們也要跟進喔！」

好累。結衣闔上報紙。真的好累，為什麼大家都要往疲累的一方靠近呢？

結衣來到洗手間，想轉換心情，瞥見有個女生低著頭，站在洗臉臺邊。她是隔壁組的人，之前曾一起小酌。她瞧見結衣，喊了聲「東山小姐！」並快步走來。

「我懷孕了。」她一臉不知所措地說。

「哇！恭喜。記得妳之前說過，要是女兒的話，就取名『奏』，因為妳和妳先生是參加大學的管弦樂團認識的……。」

「我現在可沒心情想這些。今天本來想和主管商量產假和育嬰假的事，卻看到桌上放著這個。」

她打開擱在洗臉臺上的公司內部報紙，指著「超高速歸隊！我們公司誕生了超級職業婦女！」那段話給結衣看。

「我真的沒辦法像她這樣，外子待的公司不可能讓男員工請育嬰假，我們家附近的托兒所又很難搶，況且還不曉得自己能不能順利生下健康孩子。」

「妳一定沒問題的。」結衣試圖安慰。

「才怪，」她卻雙肩顫抖，哽咽地說，「賤岳小姐已經成了女性自我提升計畫的典範，在這樣的公司氣氛下，叫我怎麼好意思請育嬰架啊！對了。東山小姐不是也快結婚了嗎？太好了。請妳婚後馬上懷孕。」

「啊？這種事哪可能說快就快啊！」

「東山小姐不是那種很自我的人嗎？無論同事再怎麼加班，妳也會準時下班，不是嗎？妳要是懷孕了，請要求公司給予三年育嬰假，這樣我起碼可以介於妳和賤岳小姐之間……請個一年左右的育嬰假。」

心裡不是滋味的結衣步出洗手間。為什麼要推給別人?就是因為有你們這些只會看別人臉色過活的人,事情才會變成這樣。

結衣回座,盯著以能讓所有人準時下班為前提而擬的報價單。總之,下午必須說服福永先生才行。

部長的位子比副部長晃太郎的位子還要更後面,旁邊擺了一張方便幾個人開會的小桌子,現在有三個人坐在那裡。

「五千萬啊……。」

福永看到報價單上的金額,皺起八字眉。

「不能再低嗎?」

「沒辦法,已經很低了。」

「剛才星印工場的牛松先生打電話給我,說他也去問過別家,但沒人肯接,只能拜託我們。」

果不其然啊!結衣和晃太郎互瞅。結衣對福永說:「要是預算追加至五千萬,就能依照牛松先生希望的範圍更新;要是不行的話,我們也沒辦法接這案子,還請轉告他。」

晃太郎甚至說他可以去向牛松的上司道歉。雖然這麼做過於強硬,卻能解決這件棘手的案子；沒想到福永卻央求似地看著結衣。

「不發外包，全都自己做，不是比較便宜嗎？所有組員稍微分批加班，應該可以如期完成吧。」

這個人還不死心嗎？結衣感到不耐煩，口氣也急了。

「之前也說過，我不會做出以加班為前提的報價單；況且要是不發外包，就算大家分批加班也無法如期完成，因為這本來就是一件不合情理的案子。」

「可是在之前我開的公司就能想辦法做到，是吧，種田？」

被福永這麼一問，只見晃太郎無奈地點頭，回了句：「嗯，是啊。」

「不過，每家公司有自己的做法。參加新進員工研習時，應該就知道這間公司的原則就是不接未達一定利潤基準的案子，所以福永先生的報價單肯定無法通過公司內部審查；不過結——東山小姐的報價單肯定能通過，還是就用她的進行吧。」

「要是提出五千萬的報價單，牛松先生會很傷腦筋吧，」福永又擔心起牛松，「什麼基不基準的，難道不能通融一次嗎？」

「沒辦法。」晃太郎的口氣倒是十分堅決。

「多虧有這基準，業務部才能努力接些利潤比較高的案子，我們也才能努力減少一些無謂作業。這麼一來，公司業績自然提升，也才能幫員工加薪，員工也比較敢請休假，所以我無法通融這案子。福永先生，現在你該體恤的不是客戶那邊的負責人，而是自己的部屬。倘若福永先生的報價單通過審查，有利潤可言嗎？能給部屬加薪、請休假嗎？這才是你該認真思考的事，也是身為部長的職責。」

沒想到晃太郎竟能直言至此，這番話讓結衣很感動。晃太郎已經完全融入這間公司，和兩人交往那時截然不同，看來他和福永有著斬不斷的同袍情誼，只是結衣的胡亂臆測吧。

「既然你們兩個都這麼說，也只好放棄了……。」福永嘟噥著。

太好了。打從知道有這麼一件棘手案子，心情就一直很緊繃的結衣總算輕鬆不少，整個人癱靠在椅子上。

這時，「現在放棄未免太早了！」傳來氣勢十足的聲音。結衣回頭一瞧，原來是賤岳。

「前輩？」結衣瞠目，「什、什麼意思？」

「東山，妳太固執了，」賤岳雙手扠腰，開始說教，「種田先生也說得太冠冕堂皇了。客戶都打電話來泣訴了，不是嗎？非但不出手幫忙，還突然拿出五千萬的報價單叩關，這是沒慈悲心的人才會做的事吧。」

福永露出找到一線曙光的表情，直說：「沒錯，我也這麼覺得。」

「先把福永先生的報價單送去審查看看嘛！」

「不是、前輩，我們就是不要以這樣的報價單──」

「到時就說我們有試著送審，但還是不行，這樣對方也能理解吧。搞不好還會感謝福永先生真的很幫忙。」

福永的臉色頓時輕鬆不少。

「謝謝妳，賤岳小姐。啊～總算稍微鬆了一口氣。」

結衣不敢置信地瞅著福永。莫非他不是擔心牛松被上司責備，而是擔心自己被牛松討厭嗎？

福永趕緊回座。晃太郎抓起被留在桌子上的結衣的報價單，追上去質問：「福永先生，你有聽進去我說的話嗎？」

無奈福永專注地敲著鍵盤，連瞧都不瞧一眼拚命勸說的晃太郎。看來他想趕快將自己的報價單送出去審查吧。

不知所措的結衣只能將勸說福永先生一事交給晃太郎處理。

「前輩，妳到底是怎麼回事啊？」結衣回頭。

賤岳不在了。結衣張望四周，瞥見她正要離開辦公室的背影，結衣馬上追到走廊。

「不是說上班時，不要打電話給我嗎？」正在用手機通話的賤岳不耐煩地抱怨，「發燒到四十度？兩個人都是？趕快送他們去日高綜合醫院啊！什麼？我現在沒辦法回去啊！怎麼不想想你是為了什麼請育嬰假？這是你自己就可以處理的事。我要掛了。」

賤岳「呼」地嘆了一口氣。結束通話的她卻直盯著手機。結衣伸長脖子窺看，待機畫面是兩個寶寶的照片，兩人都裹著粉紅棉斗蓬，輕閉雙眼。

「還是回去看看比較好吧。」結衣出聲。

賤岳回頭，面露苦笑。

「被妳看到不堪的一面囉。沒事、沒事，我老公會想辦法。要是因為這麼點小事就撇下工作，哪能和男人競爭啊！」

「難道雙胞胎因為發高燒而痛苦，只是這麼點小事嗎？」

「……拜託，幹麼露出那麼可怕的表情啊！妳小時候發高燒，父親會因此趕回家嗎？還不是母親一個人想辦法，不是嗎？」

無法反駁的結衣忿忿咬牙，無法原諒賤岳那句「這麼點小事」。

「妳到底要氣到什麼時候啊？對了，是因為剛才報價單的事嗎？不用擔心啦！福永先生的報價單絕對過不了關，肯定會被管理部的石黑打槍。那個惡鬼活著的價值就是淘汰這種只會虧錢的案子。」

「那麼，前輩為什麼叫他提交審查呢？」

「當然是為了突顯自己的存在感囉！」賤岳一派理所當然的口氣，「種田先生工作能力一流，是吧？而且沉穩大器。之前只是聽說而已，這幾天看他工作的樣子，果然是一大威脅。他不久後肯定會嶄露頭角，先搶下一席高官位子也說不定。」
「所以妳才要拉攏福永先生。」
「我怎麼能輸給中途進來的男人呢?所以啦，我絕不能回去。」
結衣的內心湧起一股悲傷，旋即轉身，回到辦公室。
晃太郎從福永那邊走回自己的位子。
「看來情勢不妙，他已經聽不進去我說的話。」
「是喔。」結衣只能這麼回應。
「福永先生的報價單應該過不了，眼看時間平白浪費，真的很心痛，」晃太郎馬上切換心情，「我來拜託管理部以急件處理。要是被駁回，就換東山小姐的報價單上場，然後以這份報價單去星印提報。為了預防萬一，還是擬份縮小更新範圍的報價單比較保險。我想，要是多幾個選項，牛松先生應該比較容易取決吧。我來擬這份報價單。」
結衣點頭。她沒注意到這麼細節的部分。
離下班時間還有兩小時，想要轉換心情的結衣離開辦公室，走向擺在走廊的自動販賣機，突然傳來賤岳的聲音。
「東山是個好女孩，工作能力也很不錯，只是不夠勤快積極。」
結衣窺看自動販賣機那邊，賤岳正和福永聊得熱絡。

「要是你瞧她不順眼，那就由我來當組長吧。我會對福永先生盡心盡力。」

原來如此啊！賤岳想取代結衣，還真是到了不擇手段的地步。真叫人寒心，既然如此，我也不是省油的燈。

結衣移動至別處，用手機打電話到上海飯店。

「王丹嗎？有件急事要拜託妳。」當然，這項請託無法報帳。結衣趕緊想想有什麼誘因可以讓王丹答應幫忙。「……讓妳免費上網看一個月的懷舊連續劇，如何？」

一個半鐘頭後，賤岳臉色大變地走向結衣。

「東山，這是怎麼回事？」賤岳遞出的手機畫面是王丹的照片。

拍攝地點是在日高綜合醫院小兒科的候診室。王丹坐在賤岳的老公身旁，微笑地抱著雙胞胎的其中一人。

「剛剛陌生寄件人傳來這張照片。」

「哦，是個美女耶。」

結衣頻頻瞧著照片。王丹畫上有別於在店裡時的濃妝，看來她喝醉時說的話是真的，認真起來還能化身美女情報員。

「妳老公正在偷腥。對方是他偷偷瞞著妳，請來幫忙照顧孩子的保母。」

傳來照片的郵件這麼寫。

「是妳搞的鬼吧？我剛才有在妳面前說是哪間醫院。」

「……被發現了。」

結衣將手機還給賤岳。她從賤岳的臉書找到她老公的照片，傳送給王丹，然後請她在醫院埋伏守候，主動接觸對方。

「我週二回來上班，週五就雇用保母，還紅杏出牆，這也太牽強了吧！」

賤岳用下巴向結衣示意「去走廊談談」。可能是察覺到不尋常的氛圍吧，專注工作的晃太郎抬起頭，辦公室裡的所有人也看向結衣她們。

結衣跟著賤岳來到走廊，賤岳回頭說道：「沒想到剛回歸職場，充滿幹勁的我就這麼惹妳討厭啊！」

「前輩應該曉得我在氣什麼吧？成天只知道工作，把家裡當旅館的丈夫、紅杏出牆的妻子，這不是昭和連續劇常用的公式嗎？」

「妳在胡說什麼啊！我老公才不會做這種事——」

結衣直瞅著賤岳，說道：「我爸就像前輩這樣，說什麼孩子發燒只是一點小事，沒必要丟下工作回家。記得是我小四的事吧，那時我因為肺炎住院，他被迫提早下班趕到醫院。我還記得他因為工作被中斷，所以很不高興，責備我媽連照顧孩子都不會。」

結衣到現在還清楚記得那時發著高燒的自己聽見父母在吵架。

「我想這件事是導火線吧。我媽在我出院後不久便離家出走。」

本來一臉不耐煩的賤岳突然瞪大雙眼地說：「離家出走？不會吧？妳在說笑嗎？」

「是真的。她說要去買美乃滋，就這樣一去不回。那天我哥去露營，住在附近的姑姑來我家過夜，我一整晚擔心得睡不著。」

「那……後來呢？」

「隔天早上她就回來了，還一臉清爽呢！」

賤岳的黑眼瞳猶疑地轉動著，緊握著手機。

「家裡除了我之外，沒人知道這件事，本來想帶著這祕密進墳墓。」

賤岳心情複雜似地看著王丹的照片。好，再推一把就行了。結衣又說：「人生有三段坡道，上坡道、下坡道、還有——意想不到。」

賤岳怔住。看來她還記得那件事，因為有人在她的婚禮上致詞時曾說過這段話。結衣模仿對著麥克風，十分緊張的社長口氣說道：「人生常會發生意想不到的事，還請夫妻同心，攜手度過這種意想不到的時候。」

那時，公司規模還不是很大，社長一定會出席員工的婚禮。

「寶寶發燒，老公打電話求助，這不是意想不到之時，那是什麼？前輩，妳覺得丈夫會原諒袖手旁觀的另一半嗎？」

「我、我只是想為後輩們開路——」

「這樣下去，路只會愈來愈窄！」結衣說。這樣是行不通的！她代替躲在洗手間哭泣的女同事發聲。

「前輩，妳為何要模仿那些連煮個開水都不會的昭和男人？現在是平成時代耶。再過不久連平成都要結束了，不是嗎？就算被人家一臉不屑地說什麼賢內助觀念已經落伍了，我也不苟同這樣的批評。只要工作有好表現，家裡的事一概不管也無所謂嗎？這樣和那些抱持大男人主義的傢伙有何兩樣！」

「妳說什麼？」賤岳臉色鐵青。

「為什麼不坦然說有孩子要照顧，所以無法加班呢？反正再豪爽地告訴大家，自己要東山再起就好了。我認識的前輩就是這麼堅強、有膽識又帥氣的人。」

結衣緊握賤岳的手。

「若是這樣的前輩，我一定會支持、跟隨。我們一起證明就算重視家庭也能把工作做好！就算請了六年育嬰假，也能升任高層幹部，一起加油吧！」

結衣握著賤岳的手，硬是高舉。

「我真是敗給妳了，」突然整個人放鬆不少的賤岳苦笑道，「今天我就先回家了。其實我真的好擔心，也不想讓小空、小海和妳一樣……有著悲傷回憶。」

他們叫小空、小海啊……。結衣也鬆了口氣，這是初次從賤岳口中聽聞寶寶的名字。

「他們一定在等媽媽回家哦！」

父親那時也很擔心我嗎？這麼想的結衣不禁苦笑。他那種個性，應該不可能吧。

準時下班的結衣在上海飯店解決晚餐後，回了老家一趟。

「哎呀！嚇我一跳。不是上個禮拜才回來過嗎？」

「有點想看看你們。我買了蛋糕。」

「哇！是小鳩屋的蛋糕。妳小時候常吃呢！便宜又美味。」

母親快步走向廚房，結衣凝望著她的背影。

結衣小學四年級——也就是十歲那年，母親說要出門買美乃滋，就這樣不見人影的那天，結衣獨自看電視等她回來。夕陽西下，家裡開始變得昏暗時，結衣心想得出去找找才行，因為她很擔心母親會不會永遠不回來了。

結衣翻著電話簿，翻找放在抽屜裡，寄給母親的賀年卡，想說能不能查到她可能會去的地方，結果意外發現有幾個陌生男人的名字，就在這時，電視傳來女人的妖媚聲音。

——不想見到你……。

這是某齣連續劇的臺詞。那時，有個名叫《懷舊連續劇特輯》的電視節目，恰巧在播放《給星期五的妻子們》這齣連續劇，戲裡的中年男演員和女演員忘情相擁，女演員看起來和母親年紀相仿。結衣看著電話簿，祈願著……媽，回來啊！不要離開我。

母親端著放了兩盤蛋糕的托盤從廚房走出來。

「妳爸喜歡蒙布朗，妳喜歡沙瓦蘭，是吧？那我吃起司蛋糕好了。」

「媽，妳以前曾丟下我，離家出走，對吧？」

「討厭啦！幹麼提這事。那時姑姑有過來陪妳，不是嗎？」

「嗯，還在我們家住了一晚。媽，妳那時去了哪裡啊？」

母親用叉子刺向起司蛋糕。

「那麼久以前的事，我忘了……啊，對了。」

母親起身，從餐具櫃的抽屜拿出一張明信片給結衣看。那是一封告知當事人已經退休的明信片。看字面意思，好像是父親往來過的客戶。

上頭寫著泡沫經濟時，每逢週日就會邀約三五好友一起去打高爾夫，真的好快樂；還寫說拋開工作，盡情玩樂真的很棒。

「不是去應酬嗎……？」

「我想說妳爸是因為工作所需，所以一直忍耐著沒抱怨，反正彼此彼此囉！」

「彼此彼此？」

所以，果然那天晚上……。就在結衣的心跳加快時，「哦？結衣回來了嗎？」父親走進客廳。

母親迅速收起明信片。結衣一臉不知所措地說：「我買了爸喜歡吃的蛋糕。」旋即逃進廚房。

當她從冰箱拿出蛋糕盒時，口袋裡的手機響起，是吾妻傳來的郵件。他好像還在公司的樣子，主旨是「星印工場的報價單審查結束」。

已經結束了？心想怎麼會這麼快的結衣看著郵件內容。

「福永先生的報價單通過社內審查。」

結衣一頭霧水地盯著郵件。……通過？

「怎麼可能……？」

她又看了一遍，上頭的確寫著通過。福永先生擬的那份穩賠不賺的報價單竟然過關了。

「怎麼可能、怎麼可能……怎麼可能有這種事?!」

「妳在慌張什麼啊？」父親走進廚房，「我的蛋糕呢？」

手機響起，是晃太郎打來的。結衣迅速接聽，「妳有看到吾妻的信嗎？」晃太郎問。

結衣回應「看到了」。

「半路殺出丸杉這個程咬金，」晃太郎壓抑情緒似地平靜說道，「他主張的那個女性自我提升計畫受到媒體關注，下個禮拜還要接受雜誌專訪。」

「……這和星印的案子有何關係？」

「聽說丸杉在會議上猛誇賤岳小姐回歸職場後有多麼活躍。」

「所以他想儘早促成這件事？為了打造一處讓前輩活躍的舞臺，硬是通過這種案子？」

「好像是他說服其他高層，讓這件案子過關。」

結衣錯愕得說不出話。晃太郎又說：「妳就別當組長了。」

「咦？」什麼意思？讓三谷或賤岳擔任組長嗎？

「看來只能按這預算和交件日來做了。所以勢必得加班；這麼一來，妳便是個阻礙。」

晃太郎說完後，旋即掛斷電話。

結衣還來不及反應時，手機又響起，是小柊傳來郵件，主旨是「補充報告」。他還在調查嗎？結衣正要回信請他停止調查時，卻被信件內容吸引。

「我找到關於丸杉宏司常務的情報了。他曾利用部屬做出傲人的成果後，再轉賣給別家公司。他就是靠這種招數橫行業界。」

一旁的父親突然開口：「結衣，吃完蛋糕可以上來二樓嗎？我拿之前妳說的那個，就是關於英帕爾戰役的書給妳看。」

英帕爾戰役。這句話在結衣的腦子裡一閃一滅。

太平洋戰爭中，堪稱最有勇無謀的一役。為何上頭會批准無論是誰看來都不可能成功的作戰計畫呢？

之前看電視播放的紀錄片時，曾提到反對這個作戰計畫的小畑少將經過一番人事異動後，便人間蒸發了。不曉得他後來如何了。

結衣用手機搜尋「英帕爾戰役」。

「喂，我不是說我有書嗎……幹麼上網查啊！」

結衣無視父親的嘮叨，搜尋著。看著相關報導的網站文章。

其實不只補給專家小畑少將反對牟田口司令官提出的這項作戰計畫，當初參謀本部也有人以「真是胡來」為由，堅決反對。

但剛好那時，美軍在太平洋的攻勢連連告捷，威脅到日本軍隊的資源運送。參謀本部想藉由促使緬甸獨立，刺激印度，動搖英國的情勢。參謀本部對於攻克位於印度東北部，鄰近緬甸的英帕爾作戰計畫，可是抱持著近乎幻想的高度期待。

反對聲浪也因此被逐漸弭平。

只要反對的人就會強行遭到人事異動，後來有位司令官志願帶軍出征，於是昭和十九年一月，發布作戰命令。

這時，吾妻又傳來郵件。
「雖然是場艱困之戰，但我們一定會勝利！」他向所有組員喊話。
三谷的回應則是：「只要所有人不休假，肯定能如期完成！」
正面積極、激勵人心的郵件一封接一封。
為什麼大家都要往疲累的一方靠近呢？
眼前浮現丸杉的臉，那張不發一語，硬是將馬克杯塞給自己的臉。
「什麼自由飛翔的女人啊……。」
結衣為了緩和情緒，一邊做深呼吸，一邊從盒子拿出蒙布朗，卻在準備將蛋糕移至盤子時，怒氣瞬間湧上心頭，結果一個不小心，蒙布朗橫倒在盤子上。結衣看到變形的蛋糕，更加怒不可遏，忍不住悄聲喊道：「我最討厭昭和出生的人！」
我要乖乖地放棄組長一職嗎？我要順從大家的意思，一味忍耐嗎？不，就算只有我一個人也要反對到底，一定要讓所有人準時下班！沒錯，就這麼決定。
「真是的！怎麼搞得一團亂啊！」
父親從旁伸手將盤子端至客廳，過了一會兒，他說：「妳自己不也是昭和出生的嗎？對吧？」
是啊。結衣彷彿聽到自己對著變形的蒙布朗，猛發牢騷的聲音。

第三章

住在公司的男人

福永那份打腫臉充胖子的報價單順利過關。週末就在結衣反覆開啟週五晚上收到的郵件之間，悄悄結束。

這份案子的預算起碼要五千萬日圓，報價單上的報價卻是三千五百萬日圓，要是沒有充足預算，根本無法確保人手足夠。結衣反覆思索，還是苦思不出任何辦法。

在這情況下，真的能讓所有人準時下班嗎？

要是無法大幅提升每個人的工作效率，很難達到這目標吧。說到工作效率——結衣一想起新人研習時受到的訓練，心情就很沉重。

一直煩惱到週日傍晚的結衣，做了個決定。

去洗溫泉吧。

只帶著換洗衣物的結衣在新宿搭乘羅曼史號。

結衣一邊喝罐裝飲料，一邊用手機找旅館，選了一間價格稍貴，有附露天溫泉的房間，允許自己在這種時候奢侈些。抵達旅館時，天色已暗，結衣在服務人員的引領下走進房間。雙腳一踩進陽臺的露天溫泉，滿滿一池溫泉水便不斷外溢。結衣整個人浸泡在溫泉裡，只露出頭，就這樣輕閉雙眼，過了一會兒才睜開的她做了個決定。

「好！我不當組長了。」

結衣用手彈了一下落在水面的紅葉，心想果然來對了。因為泡溫泉時，思路會變得比較清楚。我一直很努力，所以沒必要再勉強自己了。

「好！不當了。既然人家不要我當組長，也沒辦法囉。」

總之，還是要堅持準時下班。不知道別人是怎麼想的，但就算只有自己這麼做，也要堅持下去。結衣伸手拿起放在浴盆旁的手機，正想看全身毛茸茸的貓咪動畫時，手機突然震動，害她冷不防「啊」地驚呼。

「妳明天幾點來上班？」

話筒另一端傳來彷彿一把揪住衣領般的粗暴聲音。結衣馬上曉得是誰。

「原來是小黑啊……。」

比結衣小兩歲的石黑良久，今年三十歲。年紀輕輕的他可是公司的開國元老之一，資歷比誰都久。現在是管理部的總經理，位階比結衣高很多。

大概知道他打電話來是為了哪樁，八成是看到福永的報價單，心頭一把怒火吧。

「我明天請假，已經離開東京，療癒心靈中。」

結衣眺望遠山稜線，只想暫時忘卻工作。

「療癒心靈？妳欠扁嗎？」傳來帶點雜音的怒吼聲。

「遇到很多鳥事，我累了。」

「開啥玩笑啊！以為我會放妳享樂嗎？明天一大早給我回來！我現在滿腦子只想趕快

見到妳，妳要是不馬上回來，我會瘋掉！」

「唉唷！你講這是什麼話啊？」結衣又整個人浸泡在溫泉裡，只露出頭。

「我已經忍了一個禮拜。說！妳現在在哪裡？奇怪？怎麼覺得聲音聽起來好遠喔。」

「因為我把手機裝在保鮮袋裡，正在享受露天溫泉。」

「……。」

「啊，你想歪了，對吧？你這個色鬼！」

「去死！」

「別說死這個字啦！」結衣吐出這句話的同時，通話也斷了。

明天是禮拜一啊。我都忘了。沒辦法，只好取消休假，搭最早一班的羅曼史號回東京。也得告訴晃太郎一聲才行，我會照他說的，辭去組長一職。

那句「妳是個阻礙」還殘留在結衣耳朵深處。即便換上質地柔軟的浴衣，吃著山珍海味，喝著溫清酒，還是無法抹去那聲音。

管理部和製作部不在同一處空間，而是位於十五樓最裡面的房間，旁邊就是社長室。管理部負責監控公司的所有案子，包括管理預算、利潤、員工的工作效率等等。底下有十個人，而且多是待過製作部，成功主導過好幾件企劃案的資深老鳥。

管理部老大石黑的辦公桌位於最裡面。二十七吋螢幕上出現一頭像是刺蝟的紅髮。

「小黑，我來囉。」站在入口的結衣喊道。

石黑倏地抬頭，一對鷹眼瞪著結衣，叨念著「老是這樣」。濃密的睫毛在眼睛四周形成自然眼影，看來分不清脖子還是下巴的他又胖了。

離開始工作只剩三十分鐘，結衣站在安全梯等石黑過來。石黑一身有如絨毯質地的華麗運動外套，搭配垮褲，只有這男人獲准以這模樣來上班。只見他一屁股坐在結衣身旁，湊近她，催促道「快拿來」。

結衣將保鮮袋遞給他。

「來，五天份。」

石黑拿出一小包碎花圖案的袋子，吃光裡頭的白色粉粒，一臉陶醉樣。

「啊～好爽喔！」

「我今天本來要休假耶。一包糖而已，不會自己買啊？」

「不行，我會吃個沒完。我老婆可管得嚴啊！」

石黑有砂糖成癮症，血糖值一飆高就很興奮，專注力也會跟著提升的樣子。二十幾歲時的他為了應付龐大工作壓力，過量攝取的結果就是現在深為糖尿病所苦。

年輕又美麗的老婆大人准許他每天只能攝取一小包砂糖。

「好想更悠閒地泡溫泉喔！」

石黑邊擦嘴，邊對站起來的結衣說：「星印工場的案子是穩賠哦！」看來眼神銳利的他的戒斷症狀已經消失。

「話說回來，」結衣又坐下，雙手抱膝地看著石黑，「小黑，為什麼這案子能過關？公司的審核基準到底是什麼？管理部真的有善盡職責嗎？」

「別說出去哦！當然是因為高層的指示囉！」

果然和晃太郎的說法一樣，幕後黑手就是丸杉。結衣壓低聲音問：「社長為什麼允許丸杉這麼做呢？」

石黑突然鼻哼一聲，冷笑道：「公司規模變大就會有這種事。」

「上頭的人說就算穩賠也沒關係，讓這案子過關就對了，是吧？」

「我石黑在意的不是上頭的人怎麼說，而是我實在無法容忍。」

石黑是管理之鬼，應該說是一種偏執。他會一整天盯著每個人的工作情形，一旦發現利潤可能下滑，就會馬上打電話質問，他最討厭的字眼就是「賠」。

「這案子絕對賺不了錢，但也不能賠，所以就算是小結，我也不會輕易放過。要是搞砸了，我可是會讓妳從這棟大樓摔出去，或是把妳變成可燃垃圾，拿去豊洲餵魚。」

「可是我不當組長了。」

「這可不行。妳要是不當，那怎麼辦啊？不就只剩那些超沒效率的傢伙啦？」石黑伸手搭著結衣的肩膀，「咱倆是好夥伴吧？妳可不能不當，而且要出人頭地，來管理部！」

我才不想出人頭地，也絕對不會去管理部！結衣甩開石黑搭在肩膀上的手。

「你要是有什麼不滿，直接跟福永先生或種田先生說啊！」

「種田晃太郎，」石黑撫著額頭，「哇！對喔！那傢伙在妳那一組。這下子傷腦筋了。妳看，我都起雞皮疙瘩了。」

「就是啊！好煩喔。」

「我最喜歡觀察他的工作情況了。每小時的產值可是高得離譜呢！拜之前待的公司總是接些爛攤子之賜，他可是練就一身能自動選擇最有效率方式的好功夫，真叫人嘆服啊！讓我喜歡到連在走廊擦身而過都不好意思正面瞧他呢！討厭啦！」

結衣在心裡抱怨晃太郎時，石黑卻笑嘻嘻地說個不停。

「他喜歡小結，對吧？看來我們的口味挺像嘛！」

結衣沒回應。石黑並不知道他們兩年前交往過，當然也不曉得兩人曾經論及婚嫁。

石黑只知道結衣和男友分手後，情緒十分低落，所以常陪她借酒澆愁；但他每次一喝醉就猛發牢騷，根本沒安慰到結衣。

「種田比諏訪先生更適合妳啦！反正他幾乎不回家，只會賺錢養家，不是嗎？這樣不想變成工作狂的妳就可以名正言順地變成他的扶養對象囉。」

「你很差勁耶！」

結衣朝石黑的肚子重捶一拳，只見他開心地撫著鮪魚肚，笑嘻嘻地對撂了一句「變態」隨即起身離去的結衣說：「絕對不准出現赤字哦！我這張烏鴉嘴可是靈得很，妳這組長是當定了。所以要好好幫種田啊！我也超喜歡看妳突飛猛進唷！」

「……總之，石黑總經理這麼說。」

結衣把晃太郎叫進會議室，轉達管理之鬼的話，當然只有提到不准虧損的部分。晃太郎頷首，回了句「知道了」。

「為什麼石黑先生不直接告訴我？」

「這就不曉得了。」結衣不想說出石黑喜歡晃太郎，喜歡到不好意思正眼瞧他。

只能說，石黑真的很欣賞晃太郎。

四年前，公司接到總公司位於博多的知名網購公司案子。當時，還是製作部部長的石黑為了解決一樁小問題，帶著部屬結衣前往博多一趟。

晃太郎也有出席這場會議，他當時任職於福永的公司，負責這案子的另一個部分。

石黑見到晃太郎的工作態度，活像要吃掉對方似地瞪大一對鷹眼，然後趁客戶離席時，悄聲問結衣：「妳覺得這傢伙如何？」

「感覺能力很強，」結衣回道，「至於長相嘛，還可以啦！」

「笨蛋！長相啥的不重要啦！這傢伙絕對有兩把刷子！」

會議結束後，石黑主動搭訕晃太郎，以高薪為餌企圖挖角，晃太郎卻以「社長對我有知遇之恩」為由婉拒。

「不但能做事，還很講義氣啊！」晃太郎的這番說詞讓石黑更心癢，甚至追到門廳死纏爛打地勸說，卻還是吃了閉門羹。

不堪承受這般打擊的石黑火速解決問題，將後續事情交代結衣後，露出像被主人拋棄的可憐小狗眼神，意興闌珊地返回東京。

幾個小時後，結衣和晃太郎有了交集。

會議結束後，客戶說什麼說明文件放在行李箱，要求結衣來一趟他下榻的飯店，因為對方也是從東京來此出差的樣子。結衣雖然覺得有點不太對勁，但還是依約前往。偏偏這時石黑不在身旁，結衣緊張地按門鈴。

看到來開門的是晃太郎，結衣頓時鬆了口氣。一問之下，原來他也是來拿說明文件，而客戶碰巧去買咖啡。

「真是的！我可是抱著高度警戒心來的呢！」

晃太郎似乎明白結衣的意思，笑著說：「我也怕對方拿合約來要脅，有點忐忑不安。」

「我竟然懷疑人家有什麼邪念，真是不好意思啊！」結衣一屁股坐在床上，就這樣剛好壓到電視遙控器的按鈕，電視螢幕立刻出現DVD的影像。

兩人怔住了。當眼前出現超乎想像的畫面，人類的瞬間反應就是呆若木雞。

「久等了。」客戶回來時，晃太郎反射性地按下遙控器上的停止鈕，螢幕霎時變暗。

「那個……文件是在這裡吧？」結衣迅速拿起放在床旁小桌上寫著自家公司名稱的信封，說了句「謝謝，告辭」。

隨即飛也似地逃離房間，晃太郎也跟著出來。兩人默默地走過長廊，出了飯店後才看著彼此。

「那是怎麼回事？」結衣先開口。

不知該如何回答的晃太郎皺著眉說：「A片囉。」

「都那把年紀了，還需要那樣嗎？」

「我也不知該如何回答。第一次看到年過半百的男女拍那種片子，而且還是德國人。」

「為什麼在自家庭院？還坐在引擎蓋上，那輛是福斯汽車？」

「應該是吧……哇！怎麼辦啊？滿腦子都是那個老爺爺的臉跟鮪魚肚，真是夠了。」

結衣看著蹙眉的晃太郎，不由得笑了。那神情就像社團活動結束後，和朋友聊些蠢事的男生。結衣忍不住想邀他去小酌。

「我的上司先回去了。本來想說自己去中洲喝一杯，要不要一起去？」

「這主意不錯。反正我一個人也無法消化剛才那一幕。」

兩人遂前往中洲的居酒屋。那張ＤＶＤ是飯店的備品？還是在附近影音店租的呢？兩人聊著。應該是自己帶來的吧，這是結衣的結論。晃太郎一再強調真相如何不重要，重點是自己實在模仿不來。結衣邊加點啤酒，邊笑著聽他說。

兩人並未聊到工作。後來又去了幾間居酒屋續攤，最後索性坐在親富孝大道旁閒聊到早上。

直到天亮，眼前開始出現上班人潮，這才驚覺搭機時間迫近。便各自拿著空啤酒罐，互道再見。

坐在飛回東京的飛機上，結衣始終睡不著，明明一整晚沒睡，卻毫無睡意。回到住處後也是，整晚思索著為何如此。

——這種感覺就像遇見某個人，馬上曉得他就是自己的真命天子。

兩人決定攜手共度一生後，結衣這麼說，晃太郎卻不相信，笑著說女人是喜歡這種感覺。總之，只能說這是一股衝動。

隔天傍晚，結衣憑著一張名片，前往晃太郎工作的地方，恰巧撞見他步出大樓。不曉得該說些什麼才好的結衣編了個很蠢的說詞。

「呃，那個……我碰巧經過附近……。」

想想要是不說出來，肯定會後悔一輩子的結衣決定鼓起勇氣。

「方便的話，要不要一起去小酌一番？」

「不是前天才一起去過嗎？」被這麼吐槽的結衣霎時愣住，晃太郎笑了。

「好啊！不過我等一下還要工作，所以不能喝酒就是了。」

兩人前往附近的餐館，又閒聊了一個鐘頭後才道別。

這情形重複了好幾次，每次都是結衣主動邀約，晃太郎倒也從未拒絕。週末或假日也會相約碰面，直到某天晚上，結衣錯過末班車。

「要不要去我那裡過夜？」晃太郎說。

「你這麼問的意思是，我們在交往囉？」結衣不由得反問。

「難不成妳是想弄清楚這件事，所以故意錯過末班車？」晃太郎故意露出驚訝的表情，隨即像個孩子般尷尬笑著。

兩人進屋後便耐不住滿腔慾火。結衣忍不住笑著說：「想起在博多看到的那部A片耶。」晃太郎不太高興地回道：「別想起那件事。」吻著結衣耳朵的雙唇拚命忍住笑意。

晃太郎從未直接表明心意。為什麼我會和他在一起？他到底喜歡我哪一點？直到最後還是沒問明白的結衣總覺得說不定一直都是自己在單相思。

某天，晃太郎因為工作遲遲未赴約，想說打發時間的結衣光顧街角的算命攤。穿著老舊西裝的算命師仔細端詳一陣結衣後，「妳有孤獨相，說不定會孤單一輩子喔！」這麼說。

坐在居酒屋的結衣邊喝酒，「不覺得聽起來很可怕嗎？」邊這麼問晃太郎。

雖然晃太郎說是玩笑話，別當真，「孤單一輩子」這句話卻緊揪著她的心。晃太郎見結衣沉默不語，粗魯地搖晃她的肩膀，笑著勸她別相信這種蠢話。

「要不要搬來和我住？雖然房間不大，但我常加班到很晚，回家只是睡覺而已。反正我們已經交往了，應該沒關係吧。」

後來結衣想想，其實這是他的求婚之詞吧。

彼此一旦對未來有共識，就會更了解對方。

一個是聽從上司的指示，整天埋首工作；一個是無論上司說什麼，都會準時下班。無奈知道彼此的價值觀迥異，也沒有各退一步的意思時，為時已晚。彼此的傷害太深，便無法修復。

倘若交往前就曉得的話，或許不會傷得那麼重吧。不，其實我知道。打從初次見面時，就知道他是個工作狂。晃太郎發誓效忠福永，每次和結衣碰面完後，都會回公司繼續加班，結衣只是佯裝不知道罷了。

後來石黑花了兩年的時間才成功把晃太郎挖角過來，好像是兩人分手後不久的事；而且晃太郎來公司報到前一天，結衣才曉得這件事。

「妳幹麼那麼驚訝啊？」被石黑這麼一問，結衣回道「沒事」，心想反正不同組，不要遇到就行了。

即便兩人在同一組，也盡量保持距離，但自從結衣被莫名其妙地指派擔任組長後，「阻礙」這詞讓她心裡很不是滋味。

「我請辭組長一職。」

當結衣這麼告知晃太郎時，「是我拜託妳當的，卻又叫妳辭退，真的很抱歉。」晃太郎充滿歉意地說。

「我這麼說不是為了補償什麼。總之，結衣依舊可以準時下班。不管別人怎麼說，我都會讓妳準時下班。」

「不管別人怎麼說」這句話讓人很難不在意，看來有人對晃太郎說了什麼。

「難不成說我是個阻礙的人……是福永先生？」

「福永先生沒這麼說，他只是擔心無法配合加班的組長會不會影響團隊士氣。」

「那就是嫌我礙眼啊！」結衣感覺體內竄起怒火。打算辭退組長一職的她竟然脫口而出「我不辭了」。

幹麼賭氣啊！縱使內心另一個自己這麼囁語，結衣也不改心意。

「不辭的意思是……妳會配合加班嗎？」

「不，我還是會準時下班。」

「結衣！」

「請稱呼我『東山』。對了，準時下班的人不只我，而是所有人。」

「我說妳啊。」

晃太郎伸手按著眉間，這是他百思不解時的習慣動作。

「我明白了。我可不想遭石黑先生白眼，況且年資比較久的妳也許是幫助福永先生融入新環境的最佳緩衝劑吧。」

福永先生、福永先生，開口閉口都是福永先生，真是夠了。

「總之，就是這樣。請多指教。」結衣準備步出會議室。

「對了，東山組長。」晃太郎一個箭步擋在門口，感覺不急不徐，其實動作相當迅速俐落。這男人的高超體能在這時更令人厭惡。

「請妳想想如何因應三千五百萬的預算，降低成本。」

不會吧？他已經在想這件事了？腦筋切換得可真快。

「網站的基本架構不變，只替換需要更新的網頁，圖片就用現有的。我認識能以這般條件做出高品質的設計師，以此說服星印那邊。」
晃太郎的這番話讓結衣暗暗佩服。如此周到的降低成本對策，著實讓人無從挑剔。
「同時還要提升組員的工作效率，盡量減少加班，壓低人事成本，這件事就交給東山小姐負責。如果能讓所有人準時下班，或許就有利潤可言，不過這種事很難做到就是了。」
只見晃太郎目光炯炯，露出像是在說「既然要做，就放手一搏吧」的表情。
「好！不管是赤字還是黑字，就算把小黑抓去餵鴿子也要放手一搏，」結衣也一派氣勢洶洶地說，「對了，福永先生那邊怎麼辦？」
「我來說服他。」晃太郎回道。幾個鐘頭後，瞧見福永點頭說：「那就交給你了。」卻一臉不安地看向結衣。

「東山小姐，妳的臉色怎麼這麼難看啊？」
結衣一回座，來栖便這麼問。結衣嘆氣地說「有點事囉」。當真要把石黑抓去餵鴿子嗎？我會不會說得太誇張啦？當真能做到嗎？
「果然泡溫泉，放鬆一下是對的。」
結衣一邊喃喃自語，一邊工作。無奈十二點一到，便無法專心工作，因為隔壁的來栖打開手作便當。結衣也拿出在箱根湯本買的便當，啪地一聲掰開免洗筷。

「明明現在應該在大涌谷吃黑蛋啊！」

「溫泉、溫泉，東山小姐，妳還真是開口閉口都是溫泉啊！」來栖瞅著結衣，這麼說。

「啊，你也想去嗎？那就準時下班，搭羅曼史號去，如何？」

「呃，我對年紀比我大的女性有點……。」來栖起身去洗便當盒。

這小子真沒有幽默感。結衣虛脫地趴在桌上。……我剛剛那樣算是性騷擾嗎？

不對，現在哪有時間想這種事，得想想如何讓每個人都能準時下班。東想西想的結衣不由得睡魔上身。

「午休結束了，」來栖拍拍結衣的肩膀，「拜託妳，別讓我當人工鬧鐘。」

「謝啦！」結衣搖搖頭。睡意全消的同時，腦中浮現一個點子。

結衣從抽屜拿出一個老舊的數位時鐘，設定時間。還是新人時的她都是這樣管理自己的工作效率。

專注力增強，開始工作後，工作效率就會提升。雖然進公司已經十年，工作效率始終維持一定水準，並未往上提升；但這是有心要做就能辦到的事，其他夥伴也能跟進才是。

瞧了一眼牆上的時鐘，已經是下班時間。結衣迅速關掉電腦，站了起來。

「來栖，你也準備下班吧。」

結衣來到走廊，瞧見吾妻一臉疲憊地步出電梯。

「今天也要加班嗎？」結衣問，「工作量太多嗎？明天好好談一下吧。」

「不用，我沒事。」低著頭的吾妻迅速離去。

他似乎刻意避著結衣。真叫人在意啊！慘了，要是不快點去，就會錯過優惠時段了。結衣衝進電梯。

上海飯店坐滿熟客。結衣點了啤酒和麻婆豆腐套餐。

愛吃辣的大叔感嘆因為少子化，年輕人都不從事建築業了。所以現在很歡迎四十幾歲，沒有經驗的中年人加入這行業。

「那就雇用我啊！」愛吃餃子的大叔說。

「都說要找的是四十幾歲啊！」

大叔楞楞地看著桌上的榨菜。看來每個行業都很缺人啊！也許最後再來確認工作成果會比較好吧。結衣腦中突然浮現這般想法。

「別想工作的事。」

王丹將啤酒咚地一聲放在桌上，邊擦手邊說。

「結衣自己說來這裡，就不想工作的事。」

「對喔，抱歉。」

啤酒好冰涼，白色氣泡不斷往上竄。每次一看到這光景，就會想著明天再繼續努力吧！

結衣一口氣喝光。

十一月中旬的某個週末，阿巧來到結衣家提親。

那天早上，兩人還去了一趟房仲那裡物色婚後新居。

「好想住在這樣的房子喔。」

阿巧指著新建的樓中樓屋型，這麼說。因為是名家設計的房子，所以屋內裝潢美得令人屏息，月租高達二十五萬日圓。

「畢竟我們都得工作，婚後難免有段磨合期，要是一開始就有壓力，總是不太好吧。」

被阿巧這麼一說，總覺得有點害怕，不過要是多賺點加班費的話，應該負擔得起吧。

結衣趕緊搖搖頭，抹去腦中浮現的想法。何況月租二十五萬實在太貴了。

「我們再找時間過來吧。」結衣拉著阿巧，步出房仲公司。

「將來我們要住獨門獨戶的家，」前往結衣老家的路上，阿巧說出這樣的夢想，「像我家那樣有倉庫，可以存放我的收藏品，還要有個車庫囉！啊，這裡是結衣的家？」

結衣點點頭，覺得自己的老家還真寒酸。房子狹小不說，沒有庭院，車子還是停在附近的付費停車場；而且，父親應該還在付房貸。

「和結衣在一起時，總覺得很放鬆。」

阿巧瞇起眼，一副只要和結衣一起住，什麼都好的樣子。

待人處事圓融的阿巧馬上讓母親敞開心房，兩人聊得很愉快。已經結婚的哥哥也特地回來，只見他一副前輩似地領著阿巧走到客廳。

坐在客廳等待的父親刻意穿得很居家休閒，晃來郎來訪時，他也是這樣。幹麼故意這樣啊！結衣頗有微詞。當聽到阿巧說「請答應我和結衣結婚」時，父親只回了句「嗯，這樣很好啊」。

大夥享用母親費心準備的午餐時，父親邊倒啤酒，邊問阿巧：「你有在打高爾夫之類的嗎？」

「沒有。」

「是喔。」一臉無趣的父親問完後，母親接著問：「諏訪先生有特別喜歡吃的東西嗎？結衣做的菜合你的胃口嗎？」

「我沒吃過她做的菜耶。」

「哎呀，是喔？為什麼？你沒在她那裡過夜嗎？」

「媽，別問這種事啦！」

結衣趕緊出聲制止。其實她的廚藝很差，幾乎沒下廚過，晚餐幾乎都是在上海飯店解決。不過，婚後可不能這樣吧。

「哎呀！害羞啦！諏訪先生，這道燉煮魚也很美味哦！你嚐嚐看。」

母親站在廚房，這麼說。只見哥哥湊向阿巧，悄聲說：「我媽廚藝不怎麼樣，你別勉強吃，沒關係的。」

「不會，我吃得很開心。」

阿巧雖然這麼說，卻沒動筷。結衣瞧了一眼他手上的筷子後，抬眼時不由得怔住，因為父親也瞅著阿巧手上的筷子。

阿巧吃完午餐後，便告辭離去。他最近迷上製作樹屋。從二樓下來的哥哥對正在幫母親洗碗的結衣說：「我找到好令人懷念的東西喔！妳看，準備考試時的筆記本。」

結衣擦乾手，翻著筆記本。以時間為單位來劃分，下午一點開始複習日本史，下午兩點開始是數學，早上九點到晚上六點的讀書排程寫得密密麻麻。

「我那時好用功喔！」哥哥說。

「對啊，真令人懷念呢！」

「阿巧應該不是工作狂吧？太好了。妳有個能一起吃晚餐的對象，我就放心了。」

哥哥拍了一下妹妹的肩膀。結衣「嗯」了一聲，點點頭。

這時父親走過來。看起來很閒的他邀約兒子下盤將棋。

「抱歉，我得回去了。和孩子約好一起做咖哩飯。」哥哥趕緊衝向玄關。

「真是的！難得回來一趟。啊，對了，結衣。」

父親看向結衣，朝她遞過來的棋盤讓她倒抽一口氣。想說自己也趕快落跑的結衣聽到父親問了句「妳曉得什麼是成吉思汗戰法嗎？」不由得怔住。

「這是什麼？燒肉店的店名？」

「不是啦！是關於妳之前在查的英帕爾戰役。明明是十萬大軍，補給物資卻只有十分之一，任誰來看都是有勇無謀的策略，可是不知道為什麼，最高司令部卻核准這項作戰計畫。後來啊，老爸我又查了一下。」

「別再提這件事了，心情怪差的。」結衣說。

不過，結衣倒是對於「成吉思汗」這個英氣十足的名稱十分感興趣。

「妳聽我說。明明要越過險峻山路，卻沒有足夠的車子，也沒有充足的軍備物資，牟田口司令官擬定的這項策略就叫成吉思汗戰法。」

「該不會是帶了很多牛和馬同行？用牠們背運物資，必要時宰了牠們來吃，所以才叫成吉思汗戰法？」結衣開玩笑地說。

「妳的腦子挺管用嘛！沒錯，這就叫成吉思汗戰法，」父親一臉認真地說，「妳的發想和牟田口司令官很像。之所以要帶大批的牛和馬同行，就是為了因應糧食短缺問題，只是沒想到軍隊渡河時，牛隻溺斃了大半，剩下的牛隻也不堪遠行折磨，畢竟要走過東京到岐阜之間的險峻山路，根本會累到走不動。聽說當時甚至在牠們的屁股後頭點火，迫使牠們嚇得往前走，結果一隻隻跌落谷底慘死，成吉思汗戰法徹底失敗，這可是很有名的一段歷史呢！妳不曉得嗎？還真是不知戰爭慘況的一代啊！」

你自己還不是也不知道！結衣沒這麼吐槽，也沒嘲笑，畢竟聽聞這種遙遠過往，總是讓人心情有些複雜，背脊發涼。

「媽，我要走囉。」

結衣朝廚房喊了一聲，抓起外套，走向玄關。

「爸，你不必查英帕爾戰役的事了。」

「結衣，」父親凝視著回過頭的女兒手上的戒指，嚴肅地說，「晃太郎可是全部吃完才走啊！」

結衣嚇了一跳，雖然她也在想同樣的事，卻面色不改地回道：「他是那種不管端出什麼都會吃，十足運動風的人。」

「晃太郎還說會陪我打高爾夫。」

這就是結論嗎？父親之所以欣賞晃太郎，是因為他和自己一樣都是工作狂吧。結衣嘆氣地問：「為什麼爸爸每天都加班到那麼晚？」

「幹麼突然這麼問？公司就是個大家族啊！就是這麼回事。」

那麼對父親而言，家人又算什麼呢？結衣說了句「走囉」便步出家門。

拜訪過對方的父母，等到三月手上的案子結案後，就可以準備步入紅毯了。這次一定會結婚。結衣仰望漂浮在空中的卷積雲，想著今晚吃個秋刀魚套餐吧。

之後六週，拜晃太郎的壓縮成本策略之賜，星印工場案子在沒有出現虧損的情況下順利進行著。

結衣也很努力，每天都會抽空和每位組員來個五分鐘商談，一起腦力激盪，解決問題；雖然是很瑣碎老套的做法，卻能踏實摘除加班這個惡芽。

縱使還是無法讓所有人都準時下班，但至少讓大家打卡單上的下班時間逐漸提早。至少結衣是這麼想的。

後來，在過兩天就要放新春年假的歲末時分，發生了所謂的「吾妻事件」。

那天一早，結衣被賤岳打來的電話吵醒。

「妳看了吾妻傳來的信嗎？趕快看！」

瞧了一眼時鐘，才六點。結衣睜著惺忪睡眼，打開郵件。

「關於牛松先生最在意的網路安全問題因應對策。」

寄件人是吾妻徹，收件人是星印工場網站負責人牛松翔。

「……這是怎麼回事？」

什麼是最在意的網路安全問題？結衣邊揉眼睛，邊思索。

「我才想問呢！我被寶寶的哭聲吵醒，還收到這封信。」

結衣檢視內容，赫然發現牛松和吾妻在深夜通郵件，頓時怔住。

「看來不妙啊！必須馬上向星印那邊解釋清楚才行。」

「我也是這麼想，可是吾妻沒接電話啊！從登錄的紀錄來看，他好像還在公司。」

為什麼吾妻這時間還待在公司？結衣趕緊換件衣服，衝出家門。

昨天下午，牛松說自己會在明早的會議報告關於網路的安全問題，但他直到深夜才想起這件事。

於是心急如焚的牛松趕緊上網搜尋關於網路安全問題的資料，結果找到一處能和別家公司網站負責人交流的平臺，赫然發現不少令人擔心的情報，為此十分焦慮。

看來我們正在更新的網站也不太妙啊！牛松想。

這件事發生在凌晨二點。牛松抱著姑且一試的心態打電話，被不知為何還在公司的吾妻接起。牛松表明很擔心網站更新是否會洩漏客戶情資、遭駭客入侵等問題。

吾妻一直查找相關資料到凌晨四點。

「如果委託專業公司設計，可以享有最高層級的安全機制驗證。」

結果他擅自這麼回答。

「雖然是場硬仗，但我們絕對可以做到！」坐在電車上的結衣看到吾妻以此結尾的回信，頓覺頭暈目眩。要做到這樣的安全機制驗證，勢必得花費一筆不小的預算。

出了車站的結衣一路狂奔，七點抵達公司，沒看到吾妻在位子上。

「吾妻呢？」一回頭，瞧見晃太郎，看來是賤岳聯絡他。只是稍微快跑進公司的晃太郎不像結衣那樣氣喘吁吁。

「看來他好像已經回去了。」結衣說。晃太郎「唉」地嘆氣。

「我來公司的路上發了封更正信給牛松先生。」

「不虧是種田先生，手腳可真快。」

這麼說的結衣還是擔心不已，晃太郎察覺她的不安，看了一眼牆上時鐘，因為信裡提到會議是早上六點開始。

「結……東山小姐，打電話去星印。」

結衣照著晃太郎的指示打電話，卻無人接聽，只好反覆撥打。結衣看著晃太郎傳送給牛松的郵件。

「牛松先生，您好。關於吾妻回覆的驗證方法，必須再追加二百萬的預算，特此告知。」

要是正在開會的牛松能看到就好了，就怕希望渺茫。

電話一直無人接聽，已經早上九點了。福永進到公司，只見他刻意看向吾妻的位子，說了句：「吾妻還真是辛苦啊！」

就在這時，桌上的電話響起，結衣趕緊接聽。

「聽這聲音是……東山小姐嗎？」牛松一派開朗口吻，「辛苦了。昨晚吾妻先生緊急回覆了我的問題，託他的福，我順利報告完畢了。」

結衣絕望地閉眼。已經報告了嗎？「牛松先生看了種田先生傳給您的郵件嗎？」

「種田先生傳來的郵件？沒有耶，我忙著開會。」

結衣轉告郵件內容後，牛松的聲音越發微弱。

「怎麼會這樣……我已經向上頭說明能在預算內做到……現在竟然還要追加預算。」

「牛松先生，追加新的條件，當然要花錢。」結衣不由得迸出教育新人的口氣。

「東山小姐，我來。」

福永走過來，一把搶走話筒。面對牛松的哭訴，他頻頻頷首。

「嗯……嗯……也是吾妻的錯啦！沒有說明清楚。」

「福永先生，我們不能輕易認錯。」結衣說。

這次分明是牛松不對。深夜打電話確認這種事，在沒看到報價單的情況下，就向公司報告絕對能在預算內完成，行事過於草率魯莽。

福永卻說「放心，我會想辦法」便掛斷電話。

「牛松先生很害怕啊！要是推翻說詞，肯定會被上頭盯得滿頭包。」

這是當然啊！但這是星印工場的事，與我們無關。

「不能想想辦法嗎？」福永回頭看向晃太郎，而不是結衣。

晃太郎刻意迴避，盯著地板，似乎在思索如何是好。

這六週來，晃太郎使出渾身解數，努力不讓案子出現虧損，可說已經到了極限，實在很難再回應任何無理的要求。看來他在煩惱要如何說服福永先生吧。就在結衣對晃太郎寄予同情時。

「好吧，我會想辦法。」晃太郎說。

「咦？」結衣懷疑自己聽錯。

「可以做到驗證，不過是最低層級，就以此說服星印接受吧。」

「等等，就算是最低層級也需要追加費用。」結衣趕緊這麼說。

「我不會讓案子迸出赤字，也會更加壓縮成本。」

晃太郎決定回應牛松的無理要求。

「謝謝你，種田。東山小姐也得謝謝種田才行，因為都怪妳沒有善盡管理之責。」

這話是什麼意思啊？我可是每天都會了解他們的工作情形。

「東山小姐不曉得吾妻每天晚上都在公司過夜吧？」

「什麼？在公司過夜？」結衣備受衝擊。

「是啊！他回家只是換個衣服而已，幾乎以公司為家。」

原來如此，所以吾妻才會接到牛松深夜二點打來的電話。

「無法袖手旁觀的種田只好暗中幫忙。」

結衣看向晃太郎，她從未聽聞這種事。

「東山小姐完全不曉得下班後的公司情況，吾妻已經被操到快不行了。所以才會發生這次的錯誤。」

福永嘆了一口氣，旋即回座。結衣看著晃太郎，內心滿是不知如何宣洩的怒氣。「為什麼不告訴我？」

「吾妻要我別告訴妳。」

「可是他的打卡單上每天都是標記八點下班啊！」

「他打完卡後繼續工作，累了下午就請有薪假，週末假日加班也沒申請加班費，所以沒有任何加班紀錄。」

「這樣不就成了自主加班？」

吾妻的確常常下午才進公司，是因為深夜加班，過勞的關係嗎？結衣沒想到自己堅守不問部屬請有薪假理由的原則，卻出了這種紕漏。
「那傢伙應付不來，所以我得暗中幫助他，不然做不完。」
結衣的手機響起，原來是吾妻傳來的郵件。
「因為深夜解決了一件棘手事，所以我十二點才會進公司。」
末了還加上揮汗如雨的表情圖案，看來他還不曉得自己捅了簍子。
「真是拿那傢伙沒辦法啊！」
結衣回頭，瞥見晃太郎微笑看著手機，那是憐愛呆萌後輩的眼神。察覺結衣視線的他旋即收斂笑容。
好想去泡湯，好想拋下一切，立刻翹班。
「東山小姐，我弄好了。」來栖走過來。
看來是交代他中午之前要弄好的會議紀錄提早完成的樣子。結衣抹去想泡湯的欲念，說了句「謝謝，我馬上看」。
「那我先去回一些信。嗯？我的臉上有沾到什麼嗎？」
「沒事，只是在想你真的進步了。應該是我教得好吧。」
「應該是我的資質本來就不差吧。」
結衣朝一臉認真這麼說的來栖的側腹，捶了一拳。

「這是職場霸凌哦！」來栖笑著說。

他最近不再把「辭職」這詞掛在嘴邊，也較能抓準工作節奏，或許如同人事部所言，他是個可以期待的新人。

結衣桌上的電話響起，是專線電話。結衣接起，話筒那端傳來人事部某位女職員的聲音。她那口氣就連說句「辛苦了」，聽起來都頗高高在上。

「我們注意到吾妻先生工時過長的問題。」

「是喔，你們已經發現了，不虧是我們公司的人事部。」

結衣笑著說，人事部的女職員卻沒笑。

「總務部來申訴，說為了他一個人，整層樓的暖氣要開一整晚，因為整棟大樓採中央空調，電費勢必爆增，這下子就傷腦筋了。還有企宣部也說——」

「說什麼？」結衣按著太陽穴，心想還有其他抱怨嗎？

「常務丸杉先生明天會接受採訪，聽說他會談談社長努力打造一個良好的職場環境。」

繼女性自我提升計畫後，接著是改善職場環境嗎？都是推些能被世人認同的企劃，還真是會鑽巧門啊！結衣想。

「聽說丸杉先生得知吾妻超時工作一事，十分生氣，要求你們設法改善。」

「可是……硬是接下讓員工超時工作的案子的人，就是丸杉先生啊！」

「這件事我就不清楚了。總之，從明天開始晚上八點過後會關掉暖氣。」

「所以辦公室會變得愈來愈冷囉？」

「要是晚上八點以前下班就沒問題，」人事部女職員維持一貫冷靜口吻，「最後是我們人事部提出的疑問，吾妻先生的情況是屬於自主加班吧？」

「這種事去問福永先生。」福永是團隊的領頭羊，默認這種事的人也是他。

「我提醒過他好幾次了！但他總是說自己太忙，無法只盯著這件事。說到這個，東山小姐不是挺清閒嗎？聽說都會準時下班去小酌幾杯。」

結衣不由得望向遠處。拜託！難道喝杯啤酒也不行嗎？

「總之，這件事要是沒解決，東山小姐明年可能無法加薪。」

「拜託！別說得這麼恐怖啦！」

人事部的女職員掛斷電話，結衣懷著鬱悶心情將話筒歸位。

想起阿巧認真考慮月租二十五萬的房子一事，也快收到溫泉旅館的信用卡帳單，人事部竟然拿無法加薪一事來要脅，還真恐怖。

結衣的手機又響起。這次又是什麼事啊？一瞧，是小柊打來的。明明平常都是傳郵件，怎麼會直接打電話？結衣霎時忐忑不安。

「……結衣姐嗎？」

兩年沒聽到的小柊聲音十分微弱。結衣問：「怎麼了？又覺得不舒服嗎？」

「我想補充關於福永先生的事。」

「真是的！不是叫你別再調查了嗎？」

來栖一臉詫異地看向結衣。結衣趕緊步出辦公室，來到走廊。

小柊用沙啞聲音說道：「我這麼做也是為了自己，想早一點……擺脫現在的狀況，所以才會下定決心和曾在福永公司待過的人碰面。」

「見到對方了嗎？」結衣撫胸。

「見到了。我離開房間，步出家門，搭上電車，這是兩年來第一次外出，雖然很緊張，但因為對方也是繭居族，所以我只能主動去找他。」

小柊的聲音還是有氣無力，不過聽得出來有點亢奮。

「聽說好像還有很多和他一樣遭遇的前員工無法回歸職場。我哥離職後，他們到最後幾乎以公司為家。我哥知道這情形，才會對於留下來的同事心懷歉疚吧。」

所以晃太郎才無法坐視不管吾妻的事嗎？

「我明白了。小柊，你真的很努力。」

結衣由衷地說。不曉得對他來說，跨出這一步需要多大勇氣。

「不過，之後的事就交給我吧。我會留意你哥的狀況，不讓他操勞過度。」

結衣掛斷電話後，總覺得有點心虛。什麼留意晃太郎的狀況，根本是說謊。果然如福永所言，結衣完全不曉得下班後公司的情況，無論是吾妻做不完手邊的工作，還是晃太郎暗中支援一事，她都渾然不知。

吾妻十二點多才進公司。

臉色鐵青的他八成在電車上確認過郵件，曉得自己闖了大禍。晃太郎向福永表明由他來處理，隨即將吾妻叫進會議室。

過了一會兒，步出會議室的吾妻總算鬆了口氣似地面帶笑容。

「對種田先生真的很不好意思。」

「下次要是遇到什麼事，先找我商量吧，」晃太郎拍拍吾妻的肩膀，「就算是深夜也沒關係。」

就在這時，結衣察覺吾妻看向辦公室門口。

只見賤岳走進來，邊欠身行禮說：「不好意思，我遲到了。」邊走到自己的位子。結衣發現吾妻看著賤岳的眼神不太友善。

晃太郎真的順利解決這件事了嗎？為什麼吾妻要加班到深夜？明明交給他負責的工作量沒那麼多啊。

坐在面前的來栖正打開便當，準備大快朵頤。坐在椅子上的結衣確認沒人走過來後，湊向來栖。

「我希望你跟著吾妻一天，學習系統設計。」

「啊？」來栖嚼著食物，「一天？可是他剛進公司耶。」

「所以勢必會加班，拜託你了。只有今天而已。」

今晚，晃太郎要和之前合作過的客戶吃飯，所以只有吾妻會留下來加班。

「好吧。畢竟受到東山小姐不少照顧，不過下不為例喔。我可不想無酬加班。」

「我知道啦！再寫郵件告知你細節。」

結衣邊回位子，邊盯著來栖的便當盒裡排列整齊的蛋捲，淡黃色美食，讓人無比羨慕。

還是出去吃午餐吧。結衣想。

翌晨六點，結衣被來栖的來電吵醒。

「什麼勢必得加班，根本是工作到天亮！」

結衣趕緊梳洗一番，早上八點衝進公司附近的咖啡廳。來栖邊吃早餐邊等結衣，那張端正面容盡顯疲色。

「抱歉，久等了。這餐我請，」結衣將桌上的帳單挪向自己，「吾妻呢？」

「回去了。」

結衣昨天下午只是對吾妻說「想要了解你的工作內容」，吾妻便露出警戒表情，後來知道是來栖的要求，才爽快允諾「好啊」。

「我不懂東山小姐在想什麼，那樣的見習根本沒意義啊！」

來栖拿起叉子用力刺向熱狗，開始報告比想像中還要慘的情形。

「吾妻前輩不是都下午才進公司嗎？其實那時的他根本無心工作。」

來栖是下午一點開始跟著吾妻見習，那時吾妻正在處理郵件的樣子。

「他就這樣一直處理到晚上六點，花了不少時間一封一封處理，而且處理的先後順序很怪，像是他會迅速回覆是否參加公司內部的聚會，卻挪後處理來自星印的麻煩郵件。」

來栖似乎頗不滿前輩吾妻這種漫不經心的工作態度。

「想說都晚上六點了，總該開始工作了吧。沒想到他卻跑去便利商店。」

「便利商店？」

「光是挑個機能飲料就花了十五分鐘，後來買了含有維他命、亞鉛、血紅素鐵的飲料，說什麼今天很累，必須補充一下體力才行。回公司後做了一點工作，八點多大家紛紛下班後，他出去吃晚餐，我想說是去一樓的美食街解決，沒想到他說要是不吃肉，就沒體力應戰，結果走進蒙古烤肉店。」

「成吉思汗啊……。」

結衣喃喃自語。公司附近的確有一家烤肉店，也曾去吃過。

「好像是一家能吃到新鮮羔羊肉的名店，是滿好吃的啦！但回到公司已經晚上十點了。他專注地做了十五分鐘工作後，又開始處理郵件，我看到信裡有聚會活動之類的詞，應該是私人郵件吧。接著晚上十一點去澡堂。」

「澡堂？」

「超級豪華澡堂，從公司走過去要花上二十分鐘。吾妻前輩還洗了岩盤浴。午夜十二點前回到公司也就算了。後來好像因為系統方面有什麼不太清楚的地方，他又花了三個小時上網查資料。」

三個小時啊。結衣嘆氣。若是面對福永或晃太郎的詢問，吾妻肯定一下子就交代完自己一天的工作狀況。

「我不是一直在公司待到早上嗎？我熬到凌晨三點，實在撐不下去了。吾妻前輩拿出睡袋借我，還說公司夏涼冬暖，睡起來很舒服。」

「你睡著了嗎？」

「當然沒有！想說會被東山小姐宰了，還用鉛筆刺大腿，保持清醒呢！後來吾妻前輩累了，便窩進睡袋呼呼大睡，一直睡到凌晨五點才搭頭班車回家。我還問他，進度不太妙，怎麼辦？」

問得好。來栖果然很機靈。

「他怎麼回答？」

「他說種田先生會想辦法，沒問題的。」

結衣不知如何回應，應該說些什麼才對，卻迸不出半句話。

「來栖，辛苦你了。今天下午再進公司就行了。」

「是喔……不好意思啦！請准許我今天請假。」

來栖點了一下頭，看來他的體力已經到了極限。只見他抓起外套，站了起來，帶著大人的口氣嘀咕著：「像他那種人……可能不少吧。」

結衣邊目送來栖瘦削的背影遠去，邊喃喃著「對不起」。

要是我留下來加班，吾妻肯定不會讓我瞧見真實情況吧。所以才拜託來栖跟監，不過讓新人看到這種事總是不太好。

結衣一進公司，便走向吾妻的位子，掃視他的辦公桌。

睡袋塞在椅子下方，桌上放著一本沖煮咖啡的教學書，還有一盆已經枯萎的仙人掌，電腦四周放著私人物品。結衣直盯著用原子筆潦草寫著「療癒用配樂」的光碟片。

這情形很像以前——哥哥準備大學聯考時的書桌光景。

成吉思汗烤肉店的名片被隨手扔在電腦旁。

結衣想起從父親口中聽聞的成吉思汗戰法，心情頓時沉鬱。什麼只要吃牛和馬就好了，什麼爛戰法啊！還沒開戰，戰力就已經消耗殆盡，不是嗎？

哥哥也是如此，熬夜讀書，結果成績不斷下滑。

結衣跪下來，試著躺在吾妻的辦公桌前方，發現地板好硬，背好痛。電腦發出的機械噪音聽得一清二楚，天花板是一片無機質的白。

吾妻真的覺得躺在這種滿是灰塵的地方最舒服嗎？一股空虛感湧上心頭。在沒開冷暖氣的夜裡，這麼做肯定會搞壞身子。

「妳在幹什麼啊？」

晃太郎俯視著結衣。「沒什麼！」結衣趕緊起身。這傢伙以前也常睡在公司，而且肯定沒用睡袋，直接把幾張椅子併起來就睡了吧。

結衣將成吉思汗烤肉店的名片撕毀丟掉後，回到自己的位子，從抽屜取出一只舊款數位手錶，這是她成為社會新鮮人時，哥哥送她的賀禮。

結衣決定用這東西改變吾妻。

結衣於午休時間來到人事部。打電話告知吾妻一事的那位女職員剛好在吃午餐。

「人事部真心要處理吾妻超時工作的事嗎？」

聽到結衣這麼問，女職員一臉詫異地回道「是啊」。

「既然如此，我想借那個房間。」

雖然人事部的女職員面有難色地說：「只有社長出差，或是人事部舉辦研習活動才能借那房間……。」結衣還是不死心地要求。女職員可能心想再這樣耗下去，午休就要結束了。於是打電話到總務部和社長室詢問，得到准許使用一晚的回覆。

午休即將結束時，結衣走到總算進公司的吾妻身旁，遞給他一張畫著地圖的紙，上頭標記離公司最近的一家商務旅館位置。

「今晚可以請你住這裡嗎？」

吾妻一臉莫名其妙。

「你每天晚上都睡在公司，對吧？從今天開始八點就會關掉暖氣，所以你要是睡在公司會感冒。」

「咦？會關掉暖氣嗎？」吾妻臉色一沉。

「我有想過拜託人事部通融一下。」

結衣沒有說謊，她本來想求人事部幫忙，但肯定不會有什麼善意回應吧。

「是喔，那我就恭敬不如從命。」吾妻毫不遲疑地接過地圖。

結衣感覺身後有道視線，回頭一瞧，原來是晃太郎，只見他露出狐疑的眼神瞅著這邊。

結衣指了一下會議室，示意去裡面談。

會議室的門一關上，晃太郎便回頭說：「妳叫來栖昨晚跟監吾妻，是吧？我出去應酬前看到囉！妳到底想對那傢伙做什麼？」

「我有個請求，」結衣說，「請種田先生別再協助吾妻了。」

晃太郎笑了出來。「我要是不協助他，那傢伙根本做不完。」

「可是只要種田先生出手相助，吾妻就會一直在公司過夜。」

「那傢伙一直都是這樣，待在上一個團隊時也是如此，所以不管妳做什麼都改變不了他，他今後也不可能有任何改變。」

結衣鼓著雙頰。她覺得晃太郎之所以這麼包庇吾妻，是出於對前公司同事們的罪惡感；不過也許並非如此，或許他一開始就認定這個人沒什麼工作能力。

「畢竟這裡是公司，不是家，怎麼可以一直待在這裡過夜。」

聽到結衣這番話，晃太郎臉上的笑容迅即消失，露出像要刺穿結衣的銳利眼神。

「我懂了。難不成妳還在介意兩年前除夕的那件事？」

「不是。」

兩年前的除夕，結衣在晃太郎的住處等他回來一起看紅白大賽；但等到「除舊迎新」的節目都播完了，晃太郎還是遲遲未歸。結衣將外賣用來裝蕎麥麵的碗洗乾淨放在門外，便回去自己住的地方。

凌晨三點，晃太郎打電話給結衣。生氣地說只是跨個年而已，又沒什麼大不了。結衣默默地掛斷電話，鑽進被窩睡覺，永遠記得那是個最差勁、最糟糕的元旦。

「總之，我會改變吾妻，你就靜靜地看著吧。」

結衣步出會議室，告訴自己要拿出勇氣。二十年前，哥哥也改變了，不是嗎？自己也比剛進公司時成長不少，所以這次絕對不會失敗。

隔天早上，結衣八點四十五分進公司時，來栖走過來。

「嚇我一跳，吾妻前輩竟然出現在公司，他好像八點就到的樣子。」

結衣點點頭，說了聲「早啊」，將包包擱在吾妻旁邊的座位。

「東山小姐……那、那是怎麼回事？那間旅館……。」吾妻說。

「那地方不錯吧。我新人研習時也住過哦！」

「我凌晨三點才睡覺……還不到七點，朝東的窗戶就射進來一道超強烈、亮到會殺人的光……我試著睡回籠覺，可是光線愈來愈強，我只好來公司。」

「呵呵！小黑也說過同樣的話呢！」

大學中輟後，進了這家公司的石黑與比他晚兩年進公司的結衣等人一起參加新人研習，那時住的就是社長選的這家商務旅館。研習時間長達四個月，早上五點窗戶就會亮得刺眼，所以他們兩人，不，所有新進員工結束研習時，都被迫養成早起的習慣。

直到現在，社長出差前一天還是會住那間旅館。因為社長是一個人住，要是早上起不來就糟了，所以總務部乾脆租下那間房間。

「好了，開始吧！」

「咦？開始什麼？」

「工作，」結衣將工作進度表放在吾妻的辦公桌上，「準時在下班之前完成吧。」

「啊？今天一天不可能做這麼多啦！」

「放心，你一定沒問題的。」

結衣將老舊的數位時鐘擺在電腦旁。

「現在剛好九點呢！每過一小時就會響一次，以此為基準完成一項工作吧。對了，要是我的話，三十分鐘就能搞定。」

沒必要迸出最後那句話吧。就在結衣這麼想時，只見吾妻的眼底燃起鬥志，默默開始敲鍵盤。

結衣也開始工作，並不時注意吾妻的情況。只見他頻頻瞄著數位時鐘，發現愈來愈逼近結束時間，不禁皺眉。傳來時鐘的嗶嗶聲響。

「啊啊！」吾妻懊惱地抱頭，「只剩一點點而已！」

「那就再給你一點時間完成吧。」

結衣重新設定時間。

「你很厲害嘛！有心要做，就能做到，不是嗎？……啊，做完了嗎？進行下一個項目之前，先處理一下郵件吧。這次設定十五分鐘完成。」

「可是有三十封郵件要處理……。」

「那就從最緊急的郵件開始處理，下午注意力沒這麼專注時，再來處理沒那麼急迫的郵件。為了節省書寫和瀏覽的時間，回信內容力求簡潔扼要。好，開始吧！」

開始計時，吾妻開始拚命處理郵件。

就在時鐘響第三次時，早上時段結束。結衣一把揪住準備逃離辦公室，外出吃午餐的吾妻，將事先購買的超市便當遞給他。

「今天我請客，你三十分鐘之內解決這個便當吧。包括上洗手間之類的，你還可以午睡十五分鐘呢！有助於提升下午的專注力。」

吾妻垮著一張臉，坐回自己的位子，開始吃午餐。結衣也坐在他旁邊吃午餐，邊喝茶邊感受晃太郎的視線，內心不斷祈禱他默默看著這一切就行了。

這是參加新人研習時，社長傳授的一招。人只要一想到有時間限制，大腦就會自動省略一些浪費時間的工作。結衣也將這招傳授給來栖。

「不錯哦！愈來愈順利呢！下午也加快速度吧。」

下午時間過了一半，也重新設定了好幾次時間。結衣說道：「練習提早完成工作吧。這樣無論是身體不舒服時，還是家裡有什麼事需要處理時，就能毫無顧慮地請假；想泡溫泉時，也能說走就走哦！」

吾妻的眼神猶疑不安，八成是第一次體驗專注完成一件工作的感覺吧。話說回來，他真的很努力，已經下午五點四十五分了。只剩一點點就達標了。

「我不行了！」吾妻大吼，「我要休息！休息！休息！」

福永走過來，問道：「吾妻，怎麼啦？」

「請別插手，」結衣回頭對福永說，「這是我和吾妻的戰鬥，請福永先生別插手。」

吾妻想趁隙開溜，卻被結衣抓住。沒想到吾妻開始鬧脾氣，結衣邊拚命拉住用力掙脫的他，邊大喊：「別逃！好痛！你還咬我啊！等等！別逃！」

吵鬧聲響遍整個辦公室，都已到了這地步，也顧不了這麼多了。

「吾妻，時鐘！你看時鐘。馬上就快下班了，只剩一點點了，你就努力完成吧。這麼做就可以下班，可以準時下班！」

「不要！我已經被操得全身痠痛，我要去按摩，剩下的再加班完成就行了。反正我深夜有的是時間。」

「難道你忘了自己因為深夜加班的關係，給大家添了多大麻煩嗎？」三谷站起來，這麼說。結衣明明要求大家別插手。

「少囉嗦！妳這個老太婆！」

「罵我是老太婆……什麼意思啊……我們不是同年嗎?!」

「我必須在這裡待到深夜才行啦！」

吾妻邊激動地比手劃腳，邊吼叫，氣勢相當駭人。

「都是你們這些女人剝奪我安身立命的地方！不但可以享受產假、育嬰假這些福利，還迸出什麼女性自我提升計畫？一路搭直升梯的感覺可真好啊！要是你們這些女人當上高層幹部，叫我們男人怎麼自處？明明公司就是男人的家，只有這裡才是我的歸屬！」

吾妻用力甩開結衣的手，「妳也一樣！」怒目斜睨結衣。

「因為管理部的石黑喜歡妳，妳才可以當上組長。但東山小姐卻把工作都推給同事，無論發生什麼事都堅持準時下班。大家都說妳之所以能悠哉地下班去喝啤酒，是因為和石黑搞婚外情，還有人說看到妳，就提不起勁工作。」

結衣愣愣地看著吾妻，她曉得別人暗地裡怎麼批評自己，所以不會在意這些話。可是……準時下班暢飲啤酒真的是如此十惡不赦的事嗎？

「胡鬧也該有個限度吧。」

晃太郎的低沉嗓音重重落在地上，只見他走過來，訓斥吾妻「也搞得太難看了吧」。

「我來告訴你，東山小姐為什麼會當上組長。我被挖角過來時，石黑先生告訴我，製作部每小時產值最高的是東山結衣，雖然她待在公司的時間不長，工作速度也不是快到驚人，但她進公司十年來，一步步提升自己的工作效率。當然她的工作能力還是比不上你。」

結衣感覺有個冷冷的東西插進胸口。

「種田先生，連你都這麼說……，」吾妻的眼神果然變得黯淡，「我知道自己不像種田先生這麼有實力，可是要我輸給這種對工作不上心的女人，我實在嚥不下這口氣！」

吾妻淚水直流地說。結衣不想再重蹈覆轍新人研習時犯的錯，她邊走向吾妻邊說：「你不需要認同我。吾妻只是還沒拿出真本事而已，不是嗎？就像今天，你的工作效率超高，肯定馬上就能超越我。」

「啊……嗚……。」

吾妻看著結衣，用力搖頭。

「可是……我還是沒辦法準時下班……。」

「為什麼？」結衣認真地問，「只要有心就能做到，你為什麼要這麼想？」

「因為……因為我的工作能力很差，我自己也知道！所以只能在沒有人的深夜工作，躲開別人的目光。」

吾妻閉上雙眼，下定決心坦白似地說：「因為我不想在大家都在的時候工作！」

「原來是這樣啊……，」願意接受吾妻所有牢騷的結衣緊握他的手，「有人和吾妻的想法一樣哦！」

吾妻驚愕地看著結衣，反問：「有人和我一樣？」

「我也是啊！每次一到下班時間要回去時就很害怕，擔心大家會不會覺得我是個沒什麼工作能力的人。」

事實上的確有人這麼認為。結衣垂著眼，說道：「可是啊，我只能相信自己囉。今天的我真的很努力，明天的我一定會更進步，硬是這麼催眠自己，才能堅持準時下班。」

吾妻低頭，看著自己今天就快完成的工作進度表，他那猶疑的眼神瞬間變得篤定。

「可是我就算再怎麼努力也……。」吾妻怯怯地看著晃太郎。

晃太郎會說吾妻的工作能力一直都不怎麼樣，今後八成也是如此。其實敏感的吾妻感受到晃太郎的輕蔑。

「你一定沒問題的！」

結衣搖搖手，讓吾妻的視線回到自己身上。

「吾妻絕對做得到。就算你不相信自己，我也相信你一定做得到，所以相信明天的自己吧！拿出勇氣，一起打卡下班吧。」

溫溫的淚水滴落在結衣手上。結衣再次用力握緊吾妻的手，只見他無聲地哭泣著。

三十二歲的吾妻徹，和結衣同年。從大學畢業後待了三年的公司離職，下一間公司也是待了三年便辭職；半年後，進入現在這間公司。結衣不曉得吾妻為何前兩間公司都待不久，也不曉得他足足待業半年的原因，可是……。

結衣凝視著吾妻，思索著。也許這個人從沒打從心底信賴過任何人吧。

吾妻離開後，辦公室霎時變得空蕩。「妳都端出那種高見了，留下來加班也很尷尬吧。」這麼說的賤岳拍拍結衣的肩，步出辦公室。

結果自己的工作進度連一半都不到，敲了三十分鐘的鍵盤，電腦螢幕已經開始染上晚霞。還真是不習慣加班啊！結衣搔搔自己的頭髮。

這時，從身後伸出一隻手，拿走桌上的工作進度表。結衣回頭一瞧，原來是晃太郎。結衣「啊」地驚呼一聲，只見晃太郎將表格撕成兩半，上半部還給她。

「我來弄下半部，把檔案傳給我。」

晃太郎坐在來栖的位子上，登錄自己的帳戶。

「不用了，我自己弄。」

「吾妻的事我也有責任，就當作謝謝妳今天的解圍吧。」

「福永先生呢？」結衣環視辦公室。沒看到福永，原來他把工作推給晃太郎。

這十年來，我從未把自己的工作推給同事做。

但是為了每天能準時下班，不管是上司無理的指示，還是非上班時間被指派的工作，只要沒那麼緊急，我都會拒絕，也就難免遭人批評「把自己的工作推給別人」。問題是，一旦答應可就沒完沒了，倘若沒有人懂得拒絕，任誰都不會想減少無謂的工作，不是嗎？結衣想。

晃太郎靜靜地說：「福永先生下班了。被妳的話重重一擊的他回去了。所以不會有人看到我幫妳分擔工作。」

雖然結衣有點猶豫，還是接受晃太郎的提議。畢竟硬撐下去，只會徒增加班時間罷了。

結衣隨即將檔案傳給晃太郎。

「我收到了。那種設計還真叫人懷念啊！有種九〇年代風格的感覺。」晃太郎用下巴指著數位時鐘。

結衣看著時鐘，說道：「這是我哥準備大學聯考時用的。」

那時，結衣的哥哥一直將自己關在房間讀書直到深夜，成績卻始終未見起色。滿腹狐疑的結衣趁哥哥上洗手間時，偷看他房間，發現桌上散放著錄音機、漫畫和遊戲卡，看來他根本沒有專心念書。

「吾妻很像那時的我哥。」

「宗介哥和吾妻很像？」晃太郎手沒停過地說，「妳在開玩笑吧！」

「我覺得是壓力太大吧。父親明明時常不在家，但每次一看到我哥，就會數落他成績又下滑。」

其實哥哥真的很努力，卻因為父親而失了自信，只想逃避現實。

「不過自從他用這個數位時鐘，開始訓練專注力，規定自己在一定時間內完成要複習的範圍後，成績便逐漸提升呢！結果考上比自己當初預估還要高兩級的學校，現在在某家知名製造商擔任課長，我哥真的很厲害。」

「宗介哥本來就很優秀，但讓吾妻做同樣的事是行不通的，」晃太郎停手，看向結衣，「其實昨天的飯局，石黑先生也有來。續攤時，喝醉的他提到妳，說妳為何討厭升官的理由。他說新人上研習課程時，必須練習管控團隊的工作進度，還說妳那時和同期的人處得不是很好……。」

石黑這傢伙！總愛說些有的沒的。結衣氣惱地鼓著雙頰，瞅著地上。

從小看著父親總是加班到深夜、遲遲未歸的結衣抱著這疑問，考進大學的商學院。

但課堂上不是在討論上班族的工作效率，就是在尋求如何提升工作效率的方法，完全無法解答結衣心中的疑惑。後來她察覺到一件事，就是絕大部分教授從沒當過上班族。

所以當她進了這間公司，在新人研習課程擔任組長時，想說試試哥哥準備大學聯考時的做法；想說只要有時間限制，每個人的工作效率應該就會提升吧。

她好想知道上班族真的無法準時下班嗎？

這間公司的社長不鼓勵員工超時工作，所以肯定會認同這項嘗試。

好比就算沒在上班時間內完成，只要看看剩下的工作量，就能了解自己的工作效率高低；就像哥哥檢討自我讀書態度的同時，讀書效率也跟著提升。所以大家一定能準時下班。

然而，結衣的想法卻遭同期同事們駁斥。

用數字赤裸裸顯示每個人的工作效率，也就是工作能力，讓人覺得毫無隱私可言；況且這麼做不是擺明欺負能力差的人嗎？這樣還能激發團隊合作力嗎？結衣的想法可說飽受質疑。

——問題是一味力求平等對待，根本很難提升工作效率。

結衣提出這般看法後，頓時遭同事冷眼對待，還被嘲諷自以為是。

——那妳自己的能力又如何？敢說自己一定能在時間內完成嗎？

結衣無法回嘴。因為在同期新人中，她絕對不是工作效率最高的人。

研習結束後，大家相約去相模湖釣魚、迪士尼樂園玩。結衣雖然也被邀請，但她沒去。

因為那時的她相當受挫，明白自己的想法太天真，也知道自己絕對不是當主管的料，所以她一點也不想出人頭地。

「公司裡多的是想出人頭地的傢伙，不是嗎？」晃太郎邊敲鍵盤，邊說，「多的是那種明明工作效率不怎麼樣，卻不想承認的傢伙，所以要想改變這些傢伙根本不可能，只是白費力氣罷了。」

白費力氣這句話烙印在結衣心裡，其實她也是這麼想。算了，無所謂了。認清事實吧。反正就算只有我一個人這麼想，也要將數位時鐘擺在桌上，逐步提升工作效率，確保自己準時下班就行了。結衣一直這麼告訴自己，和晃太郎不歡而散後，就更加討厭干涉別人的工作方式。

「我從小學高年級開始，總是一個人看家。」

結衣再次看向數位時鐘。

「對我爸來說，公司就是家。母親也想逃離家似地，在超市打工到晚上。我放學回家時，餐桌上總是擺著覆上保鮮膜的盤子。有一天，我哭著抓住我哥說：想要有人陪我吃晚餐。我哥想了一下，拿了這個數位時鐘過來，然後就像我剛才說的那樣囉。為了家人、為了夥伴，只要真心努力，人是可以改變的，也許我一直想相信這番話吧。」

結衣知道自己的聲音有點顫抖。

「做完工作，準時下班，和最珍惜的人見面，好好休息，享受美食……我希望大家能過著這樣的生活。就算長大成人，就算步入職場，一定也想過著這樣的生活。這不是夢啊！我覺得應該可以做到。」

晃太郎敲鍵盤的聲音突然停止。

「問題是，可能白費力氣吧。」

準時下班是有勇氣的證明喔！聽到結衣這句話的吾妻忍不住哭了，卻還是回了句「我還是做不到」，用力甩開結衣的手。

——什麼相信明天的自己，我做不到。

這麼說的吾妻就這樣回去了。

就像新人研習時那樣，不是命令對方提升工作效率，而是陪著他一起努力，期望對方能有所改變，顯然我的想法太天真了。

無論是三谷，還是賤岳，都被我成功勸說回家，所以我以此自滿吧。可是，現在的我還有能力說服別人嗎？

「勸說別人準時下班，還真是難啊！」

結衣並不想哭，只是覺得眼睛熱熱的。所以我才討厭當什麼組長！我一點也不適合帶領團隊。

「我總是重蹈覆轍，一點進步也沒有。」

就在結衣這麼嘀咕時，被晃太郎一把攫住肩頭，用力搖晃。還真是粗暴的鼓勵方式，卻讓人好懷念。

「上海飯店的最後點餐時間是幾點？」晃太郎用開朗的聲音問道。

「晚上八點半。」

「看來得快點囉！好！設定目標吧。八點以前一定要完成，我要去吃湯麵。」

結衣點點頭，因為晃太郎是那種說到一定做到的人。

這個人的工作效率奇高，遠勝結衣，而且他的體力驚人，就算熬夜工作也能保持一定效率。之前聽石黑這麼說時，真叫人自慚形穢。

我贏不過這個人。結衣的眼眶再次泛淚。

現在總算明白當初一起研習的同事們為何生氣的理由，工作能力被拿來比較，著實令人不堪；問題是，人越是輕易承認這種事，就越難力求精進。

這時，身後傳來聲音。結衣趕緊拭淚回頭。

「……啊，咦？來栖？你不是回去了嗎？」

「我忘了拿東西。」

來栖從擺在門口的傘桶抽出一把折疊傘。

「那個……外頭開始下起小雨了。兩位回去時別忘了帶傘囉。」

來栖一走，晃太郎便笑著說「真是奇怪的傢伙」；雖然結衣也跟著笑，卻覺得不太對勁。剛才一點也不像平常的來栖……算了，還是別想太多吧。八點一到就結束工作，去暢飲啤酒。結衣憑著這念頭，繼續與疲勞奮戰。

打開「福」字倒貼的玻璃門，瞧見常客大叔們早已用完餐，開始喝紹興酒。

「還以為結衣小姐今天不會來了，」斜睨結衣的王丹依舊臭臉，只見她扔掉手上的抹布，抓起冰叉，不屑地說，「晃太郎！你還有臉來？」

「王丹，對不起！今天就通融一下吧。」

「背叛結衣、傷害、蹂躪她，明明像扔紙屑一樣拋棄她。」

「妳到底跟王丹說了什麼啊？」晃太郎看向結衣。

「要點什麼？快說！」王丹瞪了一眼晃太郎，走進廚房。

「啊，妳答應了嗎？」結衣拿起大聲公，「啤酒和湯麵，兩人份哦！」

晃太郎和結衣坐在雙人座位。足足有兩年沒一起用餐，不對，好像更久吧。得說些什麼才行，卻開不了口，氣氛好尷尬。

「妳看這個影片。」其中一位常客大叔走過來。

「什麼影片啊？」結衣頓時有種得救的感覺，趕緊看著大叔的手機。

「之前哼唱的那首機能飲料廣告歌，有人貼在網路上哦！」

黃色與黑色是勇氣的象徵，你能奮戰二十四小時嗎……。

流洩著令人懷念的旋律，從身穿亮色系西裝的上班族與國外企業斡旋，順利拿到訂單的影像，深切感受到日本經濟鼎盛時期的繁榮光景。

「這是小學遠足時在遊覽車上唱的歌，好懷念啊！」晃太郎喃喃道。

「有趣的是泡沫經濟崩盤後的廣告。」

大叔又放了一段影片，同樣是這款機能飲料於一九九九年拍攝的廣告，但播放的不再是〈你能奮戰二十四小時嗎？〉這首歌。後來有段時間都是拍攝風格比較療癒的廣告。

「這麼說來，我好像有印象。」結衣喃喃自語。

後來到了二〇〇七年，景氣有稍微復甦，這款機能飲料趁勢推出復古版廣告，〈你能奮戰二十四小時嗎？〉這首歌也跟著復活。這支廣告描寫不想遲到的上班族們拚命趕著上班的模樣，不是奔馳在高速公路上，就是勇渡河川、攀上高樓大廈，一切只為了抵達公司，活像打不死的僵屍。

「公司到底是個什麼樣的存在呢？」看得一頭霧水的結衣喃喃自語。

大叔不知如何回應。眾人沉默幾秒後，「戰場。」晃太郎冷冷地說。

「所以我總是拚死工作。至於那些做不到、能力又差的傢伙早就該辭職。」

結衣抬眼瞧著晃太郎，這個從小聽著讚美超時工作的廣告歌，長大成人的日本男人。

只見這位有如參賽代表選手的前未婚夫，露出像在說「怎樣？我有說錯嗎？」的表情看著結衣。

他的這番態度讓結衣更加不解。為什麼他要對福永如此鞠躬盡瘁？還有，結衣從未見過福永那男人拚死工作的模樣。

這時，王丹將兩碗湯麵「咚」地一聲放在桌上。

「好燙！」晃太郎摸了一下碗，「拜託！王丹，這是幹麼啊！結衣，趕快拿冰塊給我。」

王丹撂了句「我幫結衣小姐報仇」後，粗暴地將啤酒瓶、杯子放在桌上，隨即走回廚房。

幸好王丹沒宰了晃太郎。結衣呼地嘆氣，掰開免洗筷，湯麵吐著裊裊白色熱氣。

第四章

備受矚目的新人

神社擠滿新年參拜人潮。

本殿的石階下方還有賣烤魷魚的攤子，不斷竄升的煙吹動寫著「生啤酒四百日圓」的紙。就在結衣想說參拜完，要去暢飲一杯時，「希望星印工場的案子能順利如期交件。」一旁傳來認真祈願的聲音。

晃太郎睜眼時，身後的人催促道：「後面還有人在等，趕快投錢啦！」

結衣無視別人的催促，合掌祈願。

「希望今年的啤酒也很好喝。」

「可以許個有建設性一點的願望嗎？」晃太郎蹙眉。

「唉唷，我不是已經許了嗎？況且要是都許些棘手的願望，神明也會覺得很困擾吧。」

「還不算棘手。」板著一張臉的晃太郎步下臺階。

「當然很棘手，不然幹麼一直做到敲完除夕鐘啊！」

——準時下班是有勇氣的證明哦！

結衣對吾妻這麼說，讓他先回去的隔天，其實是大家準備過年放假的時候。

無奈福永帶領的團隊卻連歲末掃除、歲末聚會都沒有，而且因為吾妻捅的簍子，還必須擠出時間檢視作業流程，所以大夥都留下來加班；雖然來栖表示想先回去，結衣也只好以「只要今天加班就行了」為由，拒絕他的要求。

縱然如此，星印工場的案子還是無法告一段落，福永遂告知眾人：「不回家過年的人，新年期間也來上班吧。」

「我新年要休息。」結衣表示。想說這樣還不足以說服人，又補上一句：「這麼做勢必會增加人事成本吧？況且還有石黑那關要過。」

福永頓時臉色一沉。剛好這天傍晚，石黑打電話給福永，警告如果出現虧損，要他有沉入東京灣的覺悟。

「我會來加班，」晃太郎主動表明意願，「反正身為管理職的我，就算假日加班也不必報備。」

福永的臉色霎時一亮，卻沒表明自己也會來加班，因為他說住在照護中心的母親要回家過節。只有晃太郎皺著眉頭，體恤他的難處。

「看來只能拜託石黑先生，讓我們增加人手了。」

那男人有權調度公司的人力，但福永討厭向石黑低頭。

「我很怕和石黑先生交手啊！」福永說。

「我去說好了。管理部應該是在那間居酒屋舉行歲末聚會。」

結衣步出辦公室，晃太郎追上來。結衣想說他可能是要自告奮勇，沒想到非但不是，反而是來阻止。

「別去拜託石黑先生，這麼做很不給福永先生面子。」

結衣傻住。難道保全面子，就能讓堆積如山的工作消失嗎？

「新春假期結束前，我會消化所有工作，這樣總行了吧。」

「種田先生，你忘了總務部說放假期間不開暖氣嗎？」

「我不怕冷。反正也沒別的事，就當打發時間。」

沒別的事。結衣目不轉睛地看著晃太郎。難道我們分手後，你都沒和別人交往？難道連一個會相約見面的朋友都沒有嗎？

是我想太多嗎？總覺得自從福永先生的報價單過關後，晃太郎就像鞭策自己似地拚命工作，幾乎全盤接受福永先生的無理要求。

除夕這天，結衣獨自躺在床上收看紅白大賽。

因為實在很介意晃太郎還在公司，她上網察看整體工作進度表，瞧見上頭列出的項目逐一標記「完成」字眼。就在結衣想像晃太郎在寒冷辦公室裡，獨自敲著鍵盤的模樣時，電視傳來除夕夜鐘聲。打開窗戶，一團寒氣竄進屋內，雪花飛舞，指尖瞬間變得好冷。

雪不一會兒便停了。地上沒有積雪，空氣依舊冷冽，看來明天元旦會放晴。

來到神社參拜，跟著人潮排隊的結衣瞥見有個穿著薄運動夾克的男人排在隊伍最尾端，她一眼就認出是晃太郎。體能好的他，一點也不覺得冷。

畢竟彼此的老家只隔了兩個車站，也許是偶遇吧。新的一年開始就接觸到晃太郎帶來的公司空氣，總覺得叫人鬱悶。但馬上走掉又不太好，結衣只好向晃太郎說聲「新年快樂」，排在他旁邊，兩人幾乎沒什麼交談。

步下石階，走在晃太郎身後的結衣開口：「小柊沒一起來嗎？」

「那小子很討厭我。」

沒這回事，他其實很擔心晃太郎；但為什麼他都不和哥哥互動，小柊也沒說明理由。

「哦，所以你是從家裡逃出來囉？」

「彼此彼此，妳為什麼一個人？」

「因為……。」這次換結衣表情僵住。

元旦回老家團聚是東山家的慣例，結衣雖然有回去，但喝屠蘇酒時，卻為了一點小事和父親起口角，憤而離家。

「……諏訪先生呢？」

「他們家每年都是去關島跨年，明年我也會同行吧。」

「哦，是喔，」晃太郎一臉詫異地說，「所以，東山家每年的元旦團聚就沒了嗎？」

結衣的胸口像被針扎了一下，這就是她和父親吵架的原因。媽媽也真是的，一直嚷嚷今年是大家最後一次團圓過節，搞得爸爸開始發牢騷，說什麼「你們都不要回來最好」。

「好啊，那就不回來。」結衣衝到玄關穿鞋子時，母親追上來，說了句「其實妳爸很寂寞呢」。寂寞什麼啊？他以前不管是聖誕節還是過年都在工作，現在才這麼說，實在太自私了。

一下了石階，結衣便朝晃太郎揮手道別。

「我要去買那一攤的烤魷魚來吃，先走囉。今年也請多關照。」

本想就此分道揚鑣，晃太郎卻想起什麼似地，追過來說：「對了，關於來栖的事。」

「來栖怎麼了？」

結衣想起加班那天，來栖回來拿傘的樣子不太對勁。明明他那天的表現一切如常，沒什麼異狀，究竟發生什麼事呢？

晃太郎走向小攤子，點了烤魷魚和啤酒。

「昨天我看了來栖的工作情形，不管是分內的事，還是正在學習的事，他都相當進入狀況。這小子能力很強，有望成為我們團隊今年的一大戰力。」

結衣很詫異，因為晃太郎很少稱讚別人。

「我說的沒錯吧？」結衣頗興奮，「他進步很多呢！」

「嗯。」晃太郎將烤魷魚和啤酒遞給結衣，卻沒跟她收錢。

「所以……然後呢？」結衣說。

「然後?然後什麼?」

結衣拍打胸口。晃太郎「啊~」地一聲,恍然大悟。

「也許是帶他的人……很會帶吧。」

「沒錯!你說對了。還請多指教。來,乾杯!」

結衣開心地高舉杯子,晃太郎被逗笑了。

「種田先生不喝嗎?喝嘛!」

「不行,我還要回公司。」

還要回公司啊……。心情一沉的結衣不由得說:「如果回家很痛苦,那來我家喝一杯,如何?」

晃太郎露出自嘲的笑,回道:「妳覺得我還有臉去妳家嗎?」

「啊,對喔。」也許是神社的悠然氣氛令人放鬆吧,結衣完全忘了曾被毀婚一事。

結衣帶著醉意,楞楞地從神社走回家。

打開玄關大門時,腦中浮現兩年前的光景,晃太郎站在這裡行禮道歉,說一切都是自己的錯。結衣邊想著晃太郎當然不會再來,邊脫鞋時,「什麼嘛,又跑回來啦?」瞧見父親走過來。

慘了。結衣心想。完全忘了兩人爭吵一事,又跑回來了。

「上來二樓一下，」父親登上樓梯，「對了，幫我拿一下放在客廳的老花眼鏡，順便叫你媽沖壺茶。」

「啊？為什麼要我……？」

爸爸這般連珠砲似的命令，感覺和某人很像。結衣邊這麼想，邊尋找老花眼鏡。上了二樓，瞧見父親在祖父的房裡，現在這房間已經成了倉庫。

「大掃除時，找到忠治的剪貼簿。」

父親接過老花眼鏡，翻開陳舊的筆記本。這是爺爺的筆記本？結衣好奇地瞧著。

「這是什麼？」

筆記本上貼著好多從很久以前的報紙、雜誌裁下來的報導，而且全是關於英帕爾戰役的報導。應該是經年累月收集的吧，足足有好幾頁的分量。

「爺爺說他打過仗……沒想到是真的呢！」

也許爺爺參與過這場有勇無謀的戰役吧，總覺得心情有些悸動。個性那麼溫和的爺爺，真的參與過如此悲慘的戰事嗎？

「還有其他東西嗎？像是日記、手記之類。」

「沒有，只有這本剪貼簿。不過，因為那場戰役動員十萬大軍，所以你爺爺可能參與過吧。」

父親翻開的那一頁，貼著英帕爾戰役的特別報導，「英軍擁有壓倒性戰力」，這個標題十分聳動，看來這篇應該是英帕爾戰役失利後寫的報導。結衣頗感興趣地看著。

讓牟田口司令官率領的日本大軍深感痛苦的，不僅是跟隨的大量牛隻馬群，還有每個士兵至少必須負重四十公斤的彈藥與糧食；報導寫道士兵們將無法開上狹窄山徑的卡車拆解，靠人力搬運所有物資。

結衣試圖想像這番光景，腦子卻混亂得無法想像，因為大腦拒絕接受這是真實發生過的慘事。

縱使如此，要是英帕爾——要是能攻陷英帕爾的話，便能確保食糧與武器無虞。牟田口司令官如此說服長官們，無奈他的這般預期與觀察卻遭英軍徹底粉碎。英軍派出多架運輸機，進行空中補給作業，一天載運二百五十噸武器與食糧，痛擊日軍。

結衣不由得嘆氣。拜託，怎麼想都不可能會贏。

「日本陸軍學校教導學員要靠精神力突破困局，而不是靠補給作業。妳看這個。」

父親指著某一頁，上頭有爺爺的手寫字。

——真正可怕的不是敵人，而是當個無能的上司。

父女倆盯著這行文字有好一會兒。父親喃喃道：「寫的不是長官，而是上司啊。」

聽說戰後，祖父任職於一間製作汽車零件的公司，莫非他也遇上行事草率、有勇無謀的上司嗎？

「忠治他啊，是個工作狂呢！總是很晚回家，我幾乎沒有和他一起吃晚餐的回憶。」

「咦？可是他不是常碎念你，要你早點下班回家？」

「忠治他啊，自己也不敢違抗上司啊！可是他退休後，竟然還好意思成天嘮叨我要早點下班回家，真是只准州官放火，不許百姓點燈啊！」

是這樣嗎？結衣不怎麼苟同父親所言。

「我曾聽爺爺對鄰居說，多虧上天垂愛，自己不但能活到這把年紀，還能見到可愛的孫子。」

曾覺得祖父這想法很可笑；但如果他曾參與那場戰役的話——或許他陪孫子玩耍時，會想起那些無法活著回祖國的同袍戰友吧。畢竟光是這場戰役，就犧牲了約三萬人。

即便戰爭結束，祖父卻無法如願返家；好不容易熬到退休，祖母卻於隔年撒手人寰。

「也許他不希望兒子過著和自己一樣的人生吧。」

結果父親和祖父一樣，成了工作狂，甚至趕不回來見老人家最後一面。

祖父臨終前一直夢魘、不斷呻吟。結衣始終握著他的手，祖父雖然睜開眼，卻不是看著孫女，而是望著遠方，動著嘴脣，好像聽見他說「我想回去」，母親說他也許夢到老家吧。

但現在想想，或許祖父意識模糊時，以為自己身在戰地吧。

「我說，結衣啊，」父親深深嘆氣，說道，「日本人就是認真過頭，是個把工作看得比家庭還重要的民族。妳既然生在這種國家，就要有所覺悟啦！爸爸我到現在還是很懷念和晃太郎一起打高爾夫的時候啊！真是的！去關島度什麼假啊！」

父親脫口而出這番牢騷。搞了半天，就是想說這件事嗎？結衣覺得很傻眼，視線又回到剪貼簿上。

——真正可怕的是當個無能的上司。

結衣用手機開啟整體工作進度表。晃太郎還在公司，又完成一個工作項目；但他那麼力挺的福永自從放假後，似乎從未上網察看整體工作進度表，關心進度。

新年假期結束，開始上班的第一天，晃太郎已經搞定不少工作項目。

「種田真的很厲害耶！竟然能如此迅速解決這麼棘手的案子。」

就連將晃太郎視為競爭對手的賤岳也感佩不已。

「早知道我也來加班幫忙！」三谷懊惱地咬脣，「反正回家過年也只是和爸媽聚聚，超無聊。」

「因為想打發時間而來加班，不是很怪嗎？」坐在一旁的來栖回頭看著結衣，這麼說。

結衣知道三谷對晃太郎有好感，但不能說出來。

「她想得到種田先生的認同吧！」

來栖聽到結衣這番話，一臉不可思議地看向副部長的位子。晃太郎正撕開三谷帶回來的家鄉土產，盯著工作排程表；一大早就開始專注工作的他吃著代替早餐的柚子餅。

「他搞不好連自己吃的是什麼都不知道吧。」

來栖說這句話時並沒有笑，只是默默望著晃太郎。也許是被他那分秒不停歇的工作模樣嚇到，有點畏懼也說不定。

福永拿出一盒溫泉饅頭，要晃太郎和結衣拿去分給大家吃。

「孝親一事可真不容易啊！一直聽我媽發牢騷，聽得好累。」

包裝紙上印著「湯布院」，溫泉標誌讓人感受到溫暖熱氣，和待在寒冷無比的辦公室過年成了強烈對比。

「已經解決燃眉之急，再來就是力拚準時交件了，」晃太郎露出一抹微妙的笑，看著結衣，「東山小姐這陣子可以準時下班了。」

「享受新年假期本來就是員工的權利。」

結衣知道這樣的回答很不客氣。只見晃太郎噗哧一笑，露出滿足表情。結衣忽然有種不好的預感，想起新年去神社參拜一事。

晃太郎誇獎來栖進步很多，結衣很開心，氣氛相當融洽。莫非晃太郎有所誤會？結衣頓時覺得自己的態度很輕佻。

「東山小姐很擔心種田吧？」福永微笑說道。

幹麼總是一副置身事外的口氣啊？結衣板著臉，晃太郎倒是不在意地說：「總之，謝謝關心了。網站的架構已經順利搞定了。只要客戶同意讓我們繼續負責維護、管理網站的話，絕對能獲利。」

「沒錯、沒錯。只要客戶願意讓我們負責網站營運就不會虧損。」

所謂網站營運，就是維護、更新建置好的網頁，有長期利潤可言。福永的報價單之所以能順利過關，也是因為丸杉對這項有長期利益可圖的預測背書。

「對了，今晚我們來個新年聚會吧。順便討論一些事。」

福永露出還沉浸在新年氣氛中的表情，這麼說。

「我沒辦法參加，今天得和吾妻一起搞定那件檢視作業。」

「種田不方便來也沒關係啦！」福永說，「因為我和東山小姐有點事要談。」

只有我們而已？結衣蹙眉。晃太郎也有點詫異，但他察覺到結衣的視線，隨即點頭，露出「知道了，那你們去吧」的表情。

果然有所誤會。這男人以為自己解決了燃眉之急，也受到眾人感謝，想說應該已經沒什麼問題了。

「妳真的去了嗎？和那位單身的上司？只有你們而已？」

阿巧一邊嚼著關島的名產堅果巧克力，這麼問。

「當下沒辦法拒絕啊！」結衣回道。

兩人來新居打掃。阿巧直到最後還是不願讓步，決定租下這間月租二十五萬的全新樓中樓房。

其實阿巧也明白靠自己的薪水要住這樣的房子真的很吃緊。反正過一陣子再找便宜一點的房子吧。他邊說服自己似地說，邊用力扭乾抹布。

「妳和福永先生去哪裡吃飯啊？」

正在擦地板的結衣被一臉無法理解的阿巧這麼問，停手回道：「去一般的壽司店。」

結衣跟著福永來到離公司走路約十分鐘可到的壽司店，是一間白木吧檯只有六個座位的小店。兩人一入座，老闆便端上鱈魚白子茶碗蒸。

「我上次點的烤白帶魚烤過頭囉。」

福永邊用溼巾擦手，邊這麼告訴年輕老闆，隨即又悄聲對結衣說：「這裡在美食部落格上有四顆星呢！所以客人的要求也很高。」

還真是讓人無法放鬆的店。沒心情喝啤酒的結衣點了溫清酒。

福永邊品嘗汆燙章魚，邊誇讚好爽口。

「種田和東山小姐的感情真好啊！」

「那已經是過去的事了……。」

「但你們到現在還是很關心彼此，這樣就可以強化我們之間的關係了。」

我們……？結衣蹙眉。也包括福永嗎？這個人到底在說什麼啊？完全聽不懂。

果然，福永開口：「我希望東山小姐能晚一個小時下班。」

晚一個小時下班？公司並沒有這樣的規定。換句話說，就是要我加班囉。

「呃……我不喜歡加班，而且我的身體狀況也不適合加班。」

「我也在努力適應啊！其實我不擅長帶人，之前的公司也失敗收場，總覺得自己當個衝鋒陷陣的小兵還比較快活。我是為了顧全丸杉先生的臉面，才硬著頭皮接下部長一職。」

既然這麼勉強，就不要做啊！結衣瞅著連碰都還沒碰，已經冷掉的茶碗蒸。福永拿起鰤魚握壽司。

「我會保守祕密，不會向任何人透露你們的關係。」

「我說過那已經是過去的事了。」結衣覺得很煩。

「就算你們這麼認為，但其他人不見得吧？」

結衣看向福永。難不成是在要脅我？

結衣的腦中率先浮現三谷的臉，還有害怕晃太郎會威脅到她在公司地位的賤岳，以及認為結衣享受特權的吾妻。
其實，大家並不認同結衣擔任組長一職，她最近和吾妻在辦公室引爆了不小的騷動，加上她還享受了新年假期。
「我們的團隊好不容易有了向心力，要是知道副部長和組長之間有私情，大家會怎麼想呢？搞不好有人會質疑為何只有東山小姐可以準時下班。」
原來想用這招摧毀我的防禦線啊！結衣想。
我盡量準時下班，然後去上海飯店喝杯啤酒，看個連續劇，睡個好覺。就算無法改變別人，也不想被這種事摧毀進公司以來，日積月累一直謹守的原則。
「不過如果東山小姐不願意，也沒辦法。種田只能扛起比現在更重的責任，但是再這樣下去，他會過勞死啊！妳明白我的意思吧？」福永說。
結衣凝視那雙棲宿著幽暗之光的眼睛。
「說什麼過勞死啊！」結衣不由得笑了，「別說得那麼恐怖好不好！」
「不覺得他最近有點認真過頭嗎？把自己逼到極限。」
結衣嚇一跳，因為她也這麼覺得。不過，福永接下來的這句話讓她大感意外。
「可能是和妳在同一個團隊的關係吧。」
「啊？」

「畢竟他是因為妳，才來這間公司。」

「怎麼可能……沒這回事。」

晃太郎說他之所以離開福永的公司，是因為再待下去也沒前途可言，一方面也是為了提升自己的實力。

「種田什麼都沒說嗎？他說因為想和女友結婚，所以想跳槽到可以準時下班的公司，這是他告訴我的辭職理由喔。」

騙人。結衣想。因為結衣不覺得晃太郎會為了她，改變工作方式。

「他說已經確定要跳槽到哪裡，我也只能尊重他的決定，雖然我們真的很倚重他。不過他也很頑固就是了。堅持要處理完手邊的案子才離職，記得那時他也是連新年假期也加班啊！他都做到這地步了，還是堅決要走，讓我打擊很大。……啊，不好意思，我一直講個不停。菜都涼了，快吃吧。」

福永張大嘴，一口吞下鮪魚握壽司。立在面前的菜單上寫著「產地：舞鶴」。

「好吃！白米飯的口感很紮實呢！來，妳也吃吧。」

在福永的催促下，結衣也品嘗了握壽司，卻食不知味。

雙方家長碰面那天，晃太郎因為過勞，昏倒在住處。原來為了和結衣結婚，他一直拚命工作。這兩年來，結衣什麼都不知道。

「沒想到你們明明分手了，他還是決定來這間公司，應該是想挽回什麼吧。可是妳卻和別人在一起，我想他一定深受打擊。記得是製作報價單那時吧。他聽到諏訪先生送妳婚戒，還很難得地怔了一下呢！也許他覺得現在的自己只剩下工作吧。他是那種既然和妳在同一個團隊，再怎麼樣也要讓妳看到帥氣一面的男人；東山小姐卻一副事不關己，只顧著自己一定要準時下班，現在是這樣，恐怕今後也是如此。」

結衣將鮪魚握壽司硬是吞下肚，拿起溫清酒，一口飲盡。喉嚨霎時變得灼熱，腦子深處湧起莫名的厭惡感。

「去吃壽司啊！好好喔！結衣的公司離築地很近吧？」

結衣望著邊悠哉地說，邊擦著大玻璃窗的阿巧背影。

「我從明天開始要加班一小時。」結衣只告知他這件事。

「你們邊吃著美味壽司，邊講工作的事嗎？」阿巧一邊說，一邊搓洗抹布，然後安慰結衣似地說，「不是會有加班費嗎？剛剛好啊！我們要買房子的話，得多賺點才行。」

「咦？買房子？」

「總覺得租房子不太踏實啊！連壁紙都不能隨意更換；雖然我們現在買不起獨棟房子，但買一戶大樓的房子應該不是問題吧。」

阿巧皺眉瞧著被清潔噴霧弄髒的手，隨即扭開水龍頭，仔細搓洗。

對喔。會有加班費，這樣月薪就會多一點，看來也不全然是壞事嘛!可是……。

結衣別過視線。畢竟放棄準時下班是件大事，緊繃的情緒霎時鬆解，結衣忍住就快奪眶的淚水，說道：「好想辭職喔。」

「可是光靠我的薪水負擔不起這裡的房租。」

結衣點點頭，繼續擦地板。婚後不能什麼都依賴阿巧，但明明是在清掃兩個人要一起住的家，為什麼會有種孤單的感覺？

結衣挪動阿巧放在地上的公事包時，瞥見放在裡頭的文件夾。好像是報價單……不會吧？已經準備買房子了嗎？

「啊，被發現了。」阿巧這麼說，趕緊拿起公事包。

然後用他那雙美麗的手，搔弄結衣的頭髮。

「放心，只要我們一起努力，任何夢想都能實現哦!」

結衣從隔天開始，便過著「晚一個小時下班」的生活。

雖說只有一個鐘頭，但工時增加難免疲累，要保持和昨天一樣的專注力並非易事，更何況疲勞感還會持續到隔天。再者，隨著工時增加，每小時的工作效率也會稍稍下滑。

建置網站一事已經進入收尾階段。確認完成的網頁，再請星印工場的牛松先生確認，成了結衣的主要工作。

「這裡要是沒做好，日後更花時間哦！」

還會不時被晃太郎耳提面命，總之就是這麼回事。

「大家都做得很累，當然容易出錯。」結衣說。

原本整個團隊已經逐漸減少加班，但吾妻事件後，又漸漸增加了。雖然為了因應臨時狀況，假日來加班的人可以換休，但大家都在抱怨「到底什麼時候才能消化完這些工作？」，以三谷為例，已經累積了十天換休。

「東山小姐的工作不就是要防止出現這樣的錯誤，避免造成客戶的困擾嗎？」福永這時就會端出嚴苛的上司嘴臉。

不過最棘手的還是客戶一方。

牛松處理事情很拖拉，光是確認資料就得花上二、三天，執行速度也很牛步。「最晚明天請確認清楚」，結衣還得花時間發這樣的催促信。可想而知，根本沒有足夠時間檢視完成的網頁，以致於沒有檢查到的錯誤愈來愈多，結衣低頭道歉的次數也變多了。

下班後又跑去上海飯店的結衣才喝一杯啤酒就沒勁了。儘管被常客大叔們揶揄，也沒力氣像以前那樣抬槓，一回家就累得倒在床上。

這時唯一能撫慰結衣的事，就是看著來栖漸入佳境。

新的一年開始，果然如晃太郎所料，來栖成了團隊的一大戰力。

就算不指派他什麼，他也會自己思考、著手進行。還會利用空檔時間主動支援其他同事，就像昨天他可能看到結衣忙著打電話向牛松賠罪吧，竟然主動說「以後我幫忙再檢查一次」。

「我想帶來栖一起去開會，讓他了解一下工作流程。」

一月中旬，結衣向晃太郎這麼提議，晃太郎也爽快答應。

來栖卻一臉嫌煩地說：「該不會一定要穿西裝吧？」

「這還用說嗎？」結衣笑著假裝朝他的側腹捶一拳。最近逐漸明白來栖其實是個很害羞的人，明明很開心，一張嘴卻不饒人。

「好吧。我去就是了。不忍心看到東山小姐被福永先生叮得滿頭包。」

「感激不盡。」

就在結衣感嘆年輕真好時，「我看我也該留下來加班比較好吧。」來栖一臉認真地看著結衣，這麼說。

「我看東山小姐好像忙不過來，我得多幫忙才行。」

「還不到要你留下來幫忙的程度啦！你還是和現在一樣準時下班吧。」

結衣婉拒來栖的好意，回到自己的位子。

讓新人擔心的自己還真是不中用。結衣忙完手邊工作後，因為擔心請牛松確認的網頁是否還有錯誤，整個人呆楞著。猛然回神的她發現自己竟然發呆了十五分鐘，趕緊將打卡單上印著的十九點十五分改成十九點，拿去給晃太郎簽核。

「今天也留下來加班一小時，麻煩簽核。」

「我說過東山小姐可以準時下班吧。」

晃太郎露出像是在說「為何突然開始加班？」的疑惑表情。

結衣並未將她和福永一起吃飯時，兩人的談話內容告訴晃太郎。因為要是說出這麼做是為了減輕你的負擔，這男人肯定會生氣，把自己逼得更緊。

「要是勉強硬撐，影響工作品質，根本是本末倒置哦！」

這麼說的晃太郎在結衣的打卡單上蓋印。你不是要我別硬撐吧。結衣怔怔地想，其實你的意思是就算硬撐也別影響工作品質，是吧？不只結衣，晃太郎也無意識地給其他組員這種壓力。

步出大樓，瞧見星辰閃耀，朝四面八方發射像針般尖銳的光芒。

結衣邊走向車站，邊想起兩年前除夕那天的事。

自從兩人約好一起看紅白歌唱大戰一事落空後，結衣氣得有好一陣子連郵件都不想回。

也許晃太郎擔心再讓結衣失望吧，所以包括處理完手邊的案子才離職，和石黑洽談跳槽一事等，都瞞著結衣偷偷進行，所以讓晃太郎勉強硬撐的人，其實就是結衣。

當晃太郎連續熬夜三天，健康狀況亮紅燈，以致於缺席雙方家長碰面那天，「工作和結婚，到底哪一個比較重要？」被結衣這麼質問的晃太郎或許覺得自己很窩囊吧。竟然為了這種女人拚命成這樣。

但他始終沒向結衣吐實，無論是去東山家賠罪，還是後來一個人默默地走到車站，直到最後還是沒說出自己要跳槽到結衣任職的公司。

雖然福永說晃太郎想挽回一切，但恐怕並非如此。

他只是想換個生活模式。因為對晃太郎來說，結衣不再是曾經論及婚嫁的對象，只是同事罷了。所以才能叫她擔任組長，也才能滿不在乎地喊她的名字，因為他對結衣不再有想隱瞞過往情感的眷戀。

或許晃太郎決定今後只為了工作而活吧。若是將家庭與工作放在天平上，他會選擇捨棄自己的幸福。

也許如同結衣的父親所言，日本人認真過頭，往往埋首於工作，忽略家庭，而自己就出生在這樣的國家；但是結衣不想放棄，她希望自己能準時下班，和另一半邊吃晚餐、喝啤酒，邊聊聊今天發生的事，她想建立這樣的家庭。沒想到她的堅持卻迫使晃太郎勉強硬撐，甚至過勞。

縱使如此，她還是堅守自己準時下班的原則，準備和別人結婚，只有自己得到幸福。

結衣站在上海飯店的立牌前，勉強趕上最後點餐時間，但她沒有步下臺階，因為明天要帶來栖去和客戶開會，得早點回家休息才行。

直到前陣子，來栖還是那種一遇到問題，就嚷著要辭職的菜鳥，但他還是一邊強調「這麼做可是為了東山小姐哦」，一路克服過來。結衣看著來栖，就有種瞧著沁涼啤酒注入杯子的舒爽心情。

至少要讓他準時下班，這是我不想放棄的堅持。結衣邁開步伐。

剛搬進來的新居感覺冷颼颼。阿巧說在兩人登記結婚之前，想在老家好好住一陣子，所以二樓的寢室只放著一張單人床。

阿巧要是趕快搬進來就好了。結衣邊開燈，邊這麼想。再忍耐一下就行了，等這件案子順利結束，一切就能回復如常，我又能準時下班回家，不再讓阿巧孤單一人。

隔天早上，福永的心情更差。

他叫住準備去星印工場開會的來栖，提醒他「訂書機訂的位置偏了」。其實結衣也檢查過，不覺得這是什麼大問題。

「他幹麼那麼神經質啊？」結衣問走過來影印的晃太郎。

「丸杉昨天遞了辭呈。」

「咦?! 他不是去年夏天才來的嗎？而且前陣子還上了雜誌。」

結衣腦中浮現帶著記者來公司採訪，春風滿面的丸杉宏司常務的嘴臉。

「他丟下福永先生，落跑了。」晃太郎忿忿地說。

福永是因為丸杉的關係，才來這間公司。讓那麼離譜的報價單強行過關的人也是丸杉。

結衣雙手交臂。

「原來如此，他想撇得一乾二淨啊！」

星印工場這件案子的發展不太對勁，再這樣下去恐怕會嚴重虧損，所以丸杉八成是怕被究責，趕緊抽身。而且他還打算將什麼女性自我提升計畫、改善職場環境之類華而不實的口號移至別家公司進行。

「妳不生氣嗎？」晃太郎問。

「反正一開始就知道他是這種人，況且拜託他這麼做的人也不好，不是嗎？」

「東山小姐對於腦子不管用的人還真是冷淡呢！真是的……怎麼卡紙了？來栖，過來幫忙修一下，然後影印這份資料，照福永先生說的位置訂好。」

「是！」來栖衝過來。

「都準備好了嗎？」結衣問。

來栖面帶笑容地說：「我和東山小姐不一樣，出門前不會匆匆忙忙的。」

「不虧是來栖！」結衣微笑。腦子不管用的人……是指誰？結衣思索著。是指晃太郎自己嗎？難道我在他眼中，是那種喜新厭舊的無情女人嗎？

結衣看向部長的位子，只見穿上外套的福永若有所思地望著遠處。

我是為了丸杉，才硬著頭皮接部長一職。福永在壽司店時曾這麼說。沒想到現在被丸杉背叛，他心裡肯定很不好受吧。結衣想。

結衣一行人走進會議室，牛松不安地說：「呃……這麼晚才告知，真的很抱歉。因為公司合併的關係，所以上頭人事有異動。」

上頭人事有異動。馬上就接受如此戲劇化發展，有所應變的是晃太郎。只見一位約莫四十幾歲，五官深邃的男人走進來，「我是新上任的廣宣部課長，武田。」這麼自我介紹。

晃太郎立刻起身回禮：「初次見面，請多指教。」

晃太郎還讓慢了半拍，才趕緊站起來的福永先遞上名片。結衣最後一個起身，不想被這股緊繃氣氛吞沒似地笑著遞上名片。

「您好，敝姓東山。今天帶新人來栖一同出席，讓他有機會學習。」

來栖很緊張，直到結衣催促「資料、資料」為止，他始終呆楞著。

武田一直和晃太郎交談，怕生的福永只能在一旁默默點頭附和。武田的口氣一直都很溫和，「其實我們會重新評估是否要交由貴公司營運網站。」

直到他身子前傾，脫口而出這番話時，態度卻丕變。

「重新評估的意思是……？」

晃太郎的眼神霎時變得銳利，結衣雖然始終面帶微笑，內心卻十分忐忑，福永則是連半句話也說不出來的樣子。看來這件事有變數。

「雖說前任課長和福永先生是舊識，但我們公司想趁這次合併，確立發包流程，避免私下有什麼利益勾結。換句話說，就是讓其他公司也提出報價單，有所比較後再決定發包給哪一家公司。」

相較於一臉悵然若失，沉默無語的福永，只見晃太郎回了句「原來如此」後，問道：「方便透露是請哪一家公司提出報價單嗎？」

「ＢＡＳＩＣ。」

晃太郎的眼神猶疑了一下。ＢＡＳＩＣ股份有限公司——也就是阿巧任職的公司。

難不成……。結衣思忖。打掃新居那天，阿巧刻意藏起來的那份文件該不會是要提交給星印工場的報價單？所以說，負責這件案子的是阿巧囉？

「請問負責這件案子的是諏訪先生嗎？」晃太郎問。晃太郎在比稿競爭過程中，曾多次和阿巧交手。看來這次應該也是由他負責吧。

「是的。」

阿巧很有手腕，也擅於掌握業界趨勢，像武田這種經歷過電商通路萌芽期的世代，肯定很欣賞他吧。相較之下，像晃太郎這種重視上下關係、團隊士氣的運動風員工，會欣賞他的多是年紀大一點的長輩，像是結衣的父親。

「那麼，牛松先生對於這件事有什麼看法？」

結衣面帶微笑地問。要是現在順著對方的氣勢可就輸了。

「記得您答應將網站營運一事交給我們負責，沒錯吧？」結衣說。

「我是有說過可以交給你們負責，但可沒承諾過什麼。」

牛松別過視線。看來這下子很難扭轉情勢。晃太郎似乎有所覺悟地說：「……明白了。我們也會儘快提出網站營運的報價單。」

福永依舊沉默地看著武田。結衣重整心情後，用開朗口氣說道：「總之，按照預定程序，開始報告進度吧。資料。」

來栖沒有任何動作，似乎被當下氣氛震懾。直到結衣用手肘抵了他一下，他才笨拙地將印好的資料發給大家。

武田翻著遞過來的資料，苦笑地說「有白紙耶」。

結衣趕緊看向手邊的資料。果然如武田所言，第二張之後全是白紙。

「看來沒有印好啊！」武田說。

倒也不是責備的口氣。結衣卻吐不出半句話，不斷責備自己出門前應該檢查一遍。

這時，福永忍不住怒吼。

「來栖！為什麼印好後沒再檢查一遍！」

結衣嚇得縮起身子，坐在對面的牛松也怔住，可能沒想到有人會為了這種事，吼得那麼大聲吧。

「福永先生。」晃太郎試圖打圓場，福永卻止不住怒氣。

「這下子怎麼辦?!根本沒辦法開會啊！你實在太粗心大意了。就是因為你這麼粗心，我們才無法取得武田先生的信賴，叫人家怎麼放心把網站營運一事交給我們！」

網站營運一事和來栖根本無關。結衣想這麼說，卻說不出口，因為福永的怒吼早已麻痺她的身體深處。只見來栖面色蒼白，焦急得不知如何是好。

最先做出反應的是晃太郎，他壓低聲音說了句「真的很抱歉」。

「都怪我一時疏忽。我知道看紙本比較舒服，但今天可以麻煩兩位看電腦畫面進行確認嗎？」

「可以啊，我們都行。」

武田與牛松一起看著晃太郎出示的電腦畫面，福永這才止住怒火。

「東山小姐，請開始說明。」聽到晃太郎這麼說，結衣悄悄做了個深呼吸。

結衣將福永的怒吼從身體深處趕出去，開始說明。

怔怔坐著的來栖身影出現在結衣的視野一隅。正在說明的她其實內心十分焦慮，因為自己身為來栖的上司，卻沒能護他周全。

會議結束後，福永去洗手間。結衣起身，心想得安撫一下來栖才行。就在這時，武田朝晃太郎招手示意。

「其實有個東西得讓你們看一下。」

兩人走到會議室角落，原來武田說的是BASIC提出的報價單。結衣假裝走過去拿外套，趁機偷窺：總金額用粗體字標註，每年網站營運費用為三千萬日圓。

「您的意思是，要是我們能提出比這更低的金額，就會發包給我們嗎？」晃太郎說。

若是這樣的話，我們應該沒問題吧。因為對手的報價比我們預定提出的金額來得高。結衣想。

「不，應該說正好相反吧。我聽到不好的傳聞，聽說福永先生之前經營的公司似乎都是以低到離譜的報價拿到案子。種田先生在的時候勉強還能維持一定品質，可是你離職後就撐不下去了，沒錯吧？」

瞬間，晃太郎用無比認真的眼神看著武田先生，恭謹地說：「這次我一定會負責到底。」

「問題是，福永先生是主要負責人，我還是很擔心啊！聽牛松說，已經出了不少紕漏的樣子，感覺他不太懂得如何帶領團隊。……BASIC說他們的報價雖然不便宜，但會投入不少人力，確保品質無虞。」

資金充裕加上周全提案，看來我們的勝算愈來愈小。結衣沮喪地垂眼。

晃太郎沉默片刻後，下定決心似地對武田說：「如果我們能以這樣的金額報價，當然也能提出這樣的提案。但其實我們正在進行的網站建置作業中，有不少項目是為了配合牛松先生的要求，在不追加預算的情況下咬牙進行。我們之所以願意接受，也是認為貴公司一定會將網站營運交由我們負責，所以若沒辦法負責後續事宜，就得承擔莫大虧損。」

晃太郎說出牛松隱瞞的內情，希望多少能占上風。

「這是牛松在前任課長掌權時做的事，與我無關。」

沒想到武田的態度如此無情。結衣感覺內心有一片逐漸擴散的黑雲。搞不好武田早就知道一切吧，在他眼皮子底下做事的牛松也不好說什麼。

「總之，我希望福永先生能退出這件案子，也請你們提出能說服我們的提案，或許貴社還有機會挽回頹勢。」

晃太郎沉默片刻後，只回了句：「我們會好好評估。」

一行人在武田與牛松的目送下，步出門廳。結衣回頭看著來栖。

總覺得自己必須清楚告訴他，沒有順利拿到網站營運一事不是你的錯。沒想到福永一把按住結衣的肩頭。

「來栖，你剛才挺沉得住氣嘛！」福永走向來栖，這麼說。

來栖仍舊面色蒼白地低著頭。

「不是來栖的錯啦！但那種情況下只能這麼做，畢竟一切都是為了東山小姐。」

福永竟然話鋒一轉，將責任推給結衣。

「那個，福永先生，你聽我說。」

福永無視結衣的要求，自顧自地說個不停。

「因為東山小姐身為組長，又是這案子的主要負責人，所以為了保全她，只好拿你開鍘。幸好種田救了我們一把呢！多虧他，才能順利收場。」

福永真的覺得順利收場了嗎？結衣一時語塞。難道他沒察覺自己對來栖破口大罵，反而讓客戶深感不安嗎？

結衣一回神，才發現來栖目不轉睛地瞅著自己，隨即又看向晃太郎。

「種田先生，對不起，謝謝你出手相救。」來栖說。

「沒事，別太在意了。」晃太郎拍拍來栖的肩膀。

果然事情有些扭曲。其實來栖不需要道歉，也不必道謝。

「來栖，關於之後——」

就在結衣想對來栖說些什麼時，「咦？那不是結衣嗎？」

結衣回頭一瞧，原來是阿巧，身旁還跟著一位年輕女子；雖然她看起來比來栖年長，卻給人天真無邪感。之前聽阿巧提過他有一位女助理。

「武田先生已經告訴你們了嗎？對不起啦！我隱瞞報價單的事。我們也一直想找機會和星印合作……咦？」

阿巧的視線落在結衣左手的無名指，問道：「妳怎麼沒戴婚戒？」

現在不是提這種事的時候。

「諏訪先生，聽說……。」

雖然晃太郎的口氣不是很友善，但他並未表現出遭對方踩線的懊惱心情。

「……聽說你們決定結婚，恭喜。」

話題朝截然不同的方向開展。阿巧聽到晃太郎這麼說，神情輕鬆許多。

「謝謝。結衣終於告訴公司同事，我們要結婚的事。對了，種田先生如果不嫌棄的話，歡迎來我們的新居坐坐。」

結衣察覺一旁的來栖露出落寞眼神。看來得趕快結束這場面，好好安撫來栖才行，無奈這時和阿巧同行的女同事抓準時機插嘴：「兩位的新居肯定很漂亮吧。我也想去看看。」

身穿滾著荷葉邊的上衣，搭配綴著毛皮的低跟鞋，走可愛風的她似乎很尊敬負責帶她的阿巧，還面帶微笑地看著阿巧的未婚妻結衣。

「乾脆辦一場家庭聚會吧！由我和結衣負責下廚。」

「咦……？喔，好啊，」結衣趕緊附和，「還請大家務必賞光。」

「記得東山小姐的拿手菜是札幌第一泡麵，沒錯吧？」

結衣不由得瞪了晃太郎一眼。真是的！哪壺不開提哪壺啊？

結衣瞥見阿巧臉上的笑容消失了。阿巧這表情是要讓晃太郎明白他什麼都知道？還是初次聽聞將來的另一半只會煮泡麵而詫異不已？結衣無從判斷。

新來的女助理並未察覺阿巧臉色驟變，笑著對晃太郎說：「我很喜歡下廚。雖然我也想在工作上有所表現，但也很希望遇上能讓我支持一輩子的優秀男人。對了，種田先生喜歡吃馬鈴薯燉肉嗎？」

「喜歡啊！這道菜很家常口味呢！有機會一定要品嘗三橋小姐的馬鈴薯燉肉。不然這次比稿結束後，在諏訪家讓我一飽口福吧。」

晃太郎漂亮回擊後，一臉痛快樣。

阿巧似乎馬上重整心情，湊近結衣耳邊說道：「新居的廚房又大又好用，妳一定馬上能燒一手好菜。」

阿巧說完後，便走向服務臺。好煩啊，要在家庭聚會前學會燒一手好菜，勢必得花上不少時間，看來還是去料理教室上課比較好吧。雖然不太想去……。結衣心想。

一直沒開口的福永嘟噥著：「……種田，你認識剛才那女的？」

「你是說三橋小姐嗎？之前在業界研討會上見過。」

「她很豐滿呢！」

「就是賢妻良母型吧。」結衣將視線從笑著這麼說的晃太郎身上移開。

兩人還沒破局前，晃太郎曾要求結衣辭去工作，當個家庭主婦。也許他想娶的是三橋小姐這類型的女人吧。

「只要用鑄鐵鍋，任誰都能做出好吃的馬鈴薯燉肉啊！」一旁的來栖嘀咕著，「講究技巧和經驗的是蛋料理。」

來栖看著朝大樓裡面走的阿巧和三橋小姐，這麼說。結衣想起來栖中午總是吃手作便當。莫非那是他自己做的嗎？

「來栖，等一下要不要找家店吃午餐？我請客。」

「不用了。我有帶便當。」來栖說，隨即瞧也不瞧結衣地往前走。

結衣怔住了。直到晃太郎喊了一聲「快跟上啊」才趕緊追上去。她很不安，總覺得有種被來栖拒於門外的感覺。

隔天早上，結衣一進公司就跟著晃太郎走進會議室。結衣想將客戶希望福永能退出團隊的要求，告知上面的人，晃太郎卻反對這麼做。

「別跟上面的人說，我絕不會再丟下福永先生不管。」

聽到晃太郎這番話，頓時覺得胸口被人捶了一拳似的結衣並未回應。她想起在壽司店聽到的事，福永說兩年前，晃太郎是為了結衣才背棄他。

會議室的門突然開啟，人事部的女同事看到結衣，說了句「原來妳在這裡」。

「來栖先生提辭呈。妳知道這件事嗎？」

「辭呈？」

「妳怎麼沒好好照顧他呢？妳知道現在要留住新人有多麼不容易嗎？尤其來栖先生面試時，很受社長青睞呢！」

結衣一早進公司時，來栖已經坐在位子上，正在處理昨天的開會紀錄。因為看他沒什麼異狀，結衣便先跟著晃太郎到會議室。

「可能是因為昨天在客人面前挨罵的關係吧。」晃太郎說。

我就知道！結衣感覺腹部深處變得熱熱的。為什麼偏偏選在這時候?!

結衣衝出會議室。為什麼選在如此艱困的時候提辭呈?而且沒先跟我說，就直接向人事部遞辭呈，分明就是背叛。結衣每走一步，就覺得腦子好熱。

「你過來一下。」結衣說。來栖面無表情地站起來，跟在結衣後頭。

結衣請人事部的女同事和晃太郎離開，會議室只剩下她和來栖，壓抑滿腔怒火的她還是想和平常一樣勸慰來栖。

「昨天的事讓你很難過吧。沒辦法保護你的我真的很差勁。可是啊，身為負責帶你進入狀況的我真的很看好來栖今後發展；所以啊，不要什麼都沒和我商量就提辭呈。」

來栖那線條好看的下巴偏向一邊，沉默半晌才吐出「妳真的很看好我嗎?」這句話。

「東山小姐不是忙著準備結婚嗎?還勉強加班，忙得焦頭爛額，反正這時只要誰幫得上忙，妳當然來者不拒，不是嗎?」來栖說。

「你在說什麼啊?我是相信你一定沒問題，才交給你的。」

聽到這番話的來栖挑了一下眉。

「我最討厭東山小姐這種敷衍態度。」

「啊？我哪裡敷衍？」

「就是敷衍！什麼你一定沒問題、我相信你，妳對每個人都這麼說，不是嗎？妳也是這樣哄騙三谷小姐、賤岳小姐和吾妻前輩吧。」

「什麼哄騙啊？怎麼可以這樣批評我？」

「好了、好了，我明白了。算我誤會了。好啊，我可以拿回辭呈，可是今後不會再聽從東山小姐說的任何話。」

結衣沒有回應。這是什麼意思？

「那時一肩挑起所有責任的種田先生真的好酷。就連星印的課長也只在意種田先生，而且他比誰都付出得多，總是犧牲自己，拚命工作，我要向他看齊。」

「別說這種傻話！我不是說過你堅持現在這樣就行了嗎？」

「總之，我不辭了。東山小姐也不必擔心影響自己的考績。」

結衣忍不住握拳，湧起想揍來栖的衝動，只好呼自己一巴掌，啪地一聲響遍會議室。來栖冷冷地瞅了結衣一眼，隨即若無其事地步出會議室。一時之間，結衣不曉得該怎麼辦才好。

結衣一走出會議室，吾妻便走過來告知：「石黑先生打電話找妳喔！」只見他一臉詫異地看著結衣的臉。也許我的臉頰紅紅的吧。結衣想。

「石黑先生好像很急的樣子。」吾妻說。

對了，上週末出差的石黑昨天才回來，應該是催著要那東西吧。真是的！現在哪還顧得上這種事啊！結衣深嘆一口氣，走向置物櫃。

石黑早就在老地方——安全梯那邊等結衣。當他一口吞下結衣給他的糖包時，「最近那方面完全不行……。」垂頭喪氣地說。

「我老婆說都怪我太胖了。小結，妳覺得呢？」

「我哪知啊！我現在哪有心情想這種事。」

「小結好冷漠喔！」

石黑張開大嘴，嘆了一口氣。結衣很在意從他口中吐出的「冷漠」這詞。

「我問你，我這個人真的很冷漠嗎？總是一副事不關己樣嗎？總是說些敷衍的話嗎？」

「這種事我哪知道啊！」石黑望著地上，「我這應該是中年危機吧？是不是搞個婚外情比較好啊！妳覺得呢？」

「不知道。」

結衣正要起身時，石黑喃喃道：「要是真的不行就說吧！我想辦法幫你們調派人手。」

結衣一時之間不知如何回應。因為情況早就不妙了。問題是，要是跳過福永，直接拜託石黑的話，我和晃太郎之間的信賴關係就會完全瓦解，況且現在正值非常時期，絕對不能這麼做。

「……要是想瘦身的話，要不要跟著種田先生去跑步？他每天晚上都跑十公里哦！」

「真的假的？!」結衣丟下一臉愕然的石黑，轉身離去。

監控製作部的工作效率是石黑的興趣，所以他一定注意到了吧。結衣就算晚一個鐘頭下班，情況也未見好轉。

來栖不顧結衣的反對，連續超過兩個禮拜都在加班。

他似乎下定決心要留到晃太郎下班為止，所以深夜都還待在公司的樣子。晃太郎覺得坦言要向他看齊的來栖很可愛，並未責備他加班一事。

「種田先生的工作方式異於常人，根本是特例。要是學他的話，身體會搞壞掉哦！」

結衣下班前又勸說來栖，來栖卻嘲諷地說：「所以東山小姐也很依賴他這個特例嗎？」

無視一臉詫異的結衣，來栖盯著電腦螢幕，又說：「吾妻事件那一天……東山小姐在種田先生面前哭了，是吧？」

那是晃太郎幫忙結衣處理工作時的事。被來栖撞見了嗎？結衣不由得臉頰發燙。難怪來栖那時的樣子不太對勁。

「不是你想的那樣，真的！因為發生了很多事。」

「我還是第一次看到東山小姐掉眼淚。雖然妳總是批評種田先生的工作方式，但遇到困難時，還是會依賴他，」並未瞧著結衣的來栖嘀咕著，「反正這世界就是這樣囉！受到大家肯定的往往就是他那種人，所以其實妳很期待我成為第二個種田先生，我沒說錯吧？」

結衣很想否認，卻也無法主張自己的工作態度才是對的。

「東山小姐明明就覺得種田先生很厲害，根本比不上他。」

結衣沒有反駁，只是默默打卡，離開公司。

圍巾忘在辦公桌上，脖子一帶冷得刺骨。結衣獨自怔怔地走在又冷又暗的街道上，猶如身處冰箱中。

來栖之所以提辭呈，不單是因為被福永臭罵，內心很受傷的關係。搞不好從更早以前就悄悄地煩惱著，煩惱是否真的如結衣所言，準時下班才能受到別人的肯定，是否還能相信結衣說的每一句讚美之詞。

既然如此，來栖為何還要成為團隊的戰力、一個勁兒地努力呢？結衣不想深思，因為他是自己調教出來的成果。

結衣來到上海飯店，凝視著紅色立牌。碰巧王丹搬著一箱空啤酒，從店裡走出來。

「結衣小姐！怎麼不進來？」

「現在的我沒辦法好好吃頓飯，今天就不進去了。反正也沒胃口……。」

「『身體髮膚受之父母，不可毀傷。』妳要保重身體啊！不然爸媽會哭喔。要是又一個熟客死了，我會傷腦筋耶。」

王丹硬是推著結衣，催促她下樓。

一打開福字倒貼的店門，便傳來盤子、湯匙的碰撞聲，還有杯子用力放在桌上的聲音。結衣拿起王丹端來的啤酒一口喝光，幸好還是感受得到美味，也稍微放鬆些。

「大叔們還是新人時，是什麼樣的感覺啊？」

結衣問坐在一旁大啖餃子的常客大叔。

「咦？已經是好久、好久以前的事囉。比起那時的我們啊，現在的年輕人沒用啦！沒用……。」結衣喃喃著，想起被福永斥罵，面色蒼白的來栖。

「一點霸氣也沒有，被念個幾句就說不幹了。什麼事都怪上司不好，也不會陪著小酌幾杯。」

喜歡吃辣的大叔拿著盛滿老酒的杯子，插嘴道：「日本企業啊，之所以愈來愈沒活力，就是因為這種年輕人越來越多。」

「是喔……我倒覺得勇於表達自己的想法很不簡單。」

「這不重要啦！重要的是啊，要有能夠忍耐各種不合理的毅力。年輕時不要在乎自己的腦子想什麼，就算覺得不合理，只要服從就對了。」

結衣邊瞧著喝老酒的大叔，邊喃喃著：「……這樣真的好嗎？」

結衣想起那場用人力載運物資，有勇無謀的戰役。士兵們難道不覺得奇怪嗎？應該會有所質疑吧，只是沒人敢說出口。結衣喃喃自語：「不斷忍受不合理的事……真的能得到勝利嗎？」

周遭一片靜寂。結衣抬眼一瞧，發現大叔們都靜默著。

「那是……。」愛吃餃子的大叔看著掛在牆上的電視。

原來正在播放關於泡沫經濟為何崩盤的紀錄片。

——一切都是我們的錯，不是員工的錯。

畫面上是當年山一證券的社長一邊泣訴，一邊低頭道歉的記者會影像。

山一證券出包一事可是帶給當時社會莫大衝擊。

那天，父親連西裝外套也沒脫，呆楞在電視機前。結衣從沒看過父親這模樣，所以連當時還只是國中生的結衣也曉得事態嚴重，害怕不已。

「我們明明那麼努力工作，卻還是輸得很慘啊！」餃子大叔嘀咕著。

作為經濟大國的日本今後也將持續發展——那時大家都如此深信不疑，直到這起事件爆開，紙包不住火的時刻到來。

「這個社長啊，直到就任時才知道公司虧空那麼多。」愛吃辣的大叔說。

原來是這樣啊！結衣注視著只差沒吐血似地，拚命道歉的山一證券社長。

「就是啊！什麼都不曉得的他被押著當替死鬼，默默承受一切的不合理，盡全力保護底下的人，以前就是有這麼了不起的人。」

突然發出「鏗」地一聲，結衣重重地捶了一下桌子。

「喂，結衣，怎麼啦？」大叔們嚇一跳。

「我是個無能的上司。」

如果那時——當福永無理斥責來栖時，若是結衣馬上跳出來擋子彈，來栖就不會有這麼大的轉變。結衣卻沒有這麼做，因為她心裡始終認為：是福永不好，又不是我的錯。

所以她沒辦法代替來栖承受不合理的對待。

手機震動。結衣抬頭，發現是小柊傳來的郵件。

「我的身體好多了。已經能夠外出，最近也會幫忙做家事。」

小柊勇敢地走出來了。結衣彷彿看見黑暗中有道光芒，繼續看著郵件。

「結衣姐，後來怎麼樣了？要是有什麼需要幫忙，再跟我說喔。」

從字裡行間感受到溫柔與強韌，克服苦痛的小柊成長了。

結衣一回神才發現自己正回信告訴小柊，關於來栖的事。也許潛意識裡想對晃太郎的弟弟吐苦水吧，這時已經顧不上什麼面子問題了，或許年紀相仿的他能理解來栖的心情。

結衣按下傳送鍵，立刻收到回信。

「我想和來栖先生見面，有話想對他說。」

結衣凝視著這行字，萌生姑且一試的想法。

當結衣走到櫃臺結帳時，正盯著電視的王丹察覺她走過來。

「中國不久之前也發生泡沫經濟呢！」露出無可奈何的笑容，這麼說。

種田家的庭院一隅栽植著木瓜海棠樹。晃太郎的母親每年都會取這棵樹的果實釀酒，晃太郎和小柊感冒時，就會給他們喝這種酒祛寒，這是結衣為了結婚來拜訪時聽聞的事。

雖說是小柊的邀請，但和種田家已經沒什麼關係可言的自己還好意思走進去嗎？結衣雖然有心理準備，還是遲疑半晌才按門鈴。

立刻傳來一聲「哎呀」，晃太郎的母親出來應門。

「結衣啊，好久不見呢！孩子的爸，之前人家送我們的酒呢？」

從事保險業的晃太郎母親依舊不改連珠砲的說話方式，讓結衣根本沒機會問好。

「呃，那個，今天不方便喝酒。」

「哦，結衣來啦！」

任職農協的晃太郎父親也笑嘻嘻地出來打招呼。

「對不起……那個……其實我已經有論及婚嫁的對象了。」

「我們聽小柊說了，」晃太郎的母親嘆氣，「不過啊，這種事還是要想清楚啊！其實婚事告吹個一、兩次也沒什麼大不了呀！」

「哈哈哈！」就在結衣傻笑敷衍時，來栖也到了。

「這是親手釀的，放了兩年的梅酒。」

來栖連瞧也沒瞧結衣一眼，拿出細細的瓶子。難不成這也是他自己釀的嗎？

「謝謝這麼費心。你是晃太郎和結衣的同事吧。」

來栖頷首。晃太郎的母親和丈夫對看一眼後，露出複雜的表情。

成了繭居族的小兒子說要招待別人來家裡時，似乎讓兩老十分傷腦筋；畢竟兄弟倆幾乎不來往，造訪的對象卻是大兒子晃太郎的部屬。

小柊說兩老聽聞結衣也會一起來，這才安心。他們曉得這兩年來，我深受結衣姐的照顧。當小柊這麼告訴結衣時，結衣有點難為情，因為她覺得自己只是提供他一個打工機會。

小柊下樓，露出靦腆微笑，身形還是和兩年前一樣纖瘦。

「您好，我是種田晃太郎的弟弟柊。我們去我的房間說話吧。」

來栖直盯著小柊，悄聲對結衣說「不曉得他有什麼企圖」，便先行上樓。

縱使心有疑慮，來栖還是敵不過想見見晃太郎親弟弟的好奇心；當時他一聽到受邀去種田家，馬上表明下禮拜的週日早上有空。

三人走在二樓的走廊，來栖看向牆上的架子，擺在上頭的少棒最優秀選手獎盃發出沉鈍光芒，還有為了征戰甲子園，奪得地區大賽冠軍時的照片，就連大學棒球隊時榮獲的MVP獎牌也打磨得閃耀生輝。

「走在這條走廊上，讓人覺得壓力很大吧？」小柊說，「家父對身為長子的哥哥抱著很高的期望，這走廊展示的都是我哥的輝煌成果。」

結衣停下腳步，凝視著架子。她還是第一次上二樓。

晃太郎不太向結衣提起自己打棒球時的事，倒是聽他笑著說過球隊裡有很多學長欺壓學弟的惡習，不過也沒聽過他說很痛苦、想放棄之類的話。

小柊帶著他們來到自己的房間，一間只有床和書桌，布置簡單的房間。書櫃上依科目整齊排放著大學上課用的課本，電腦四周也收拾得很乾淨。

來栖端坐在坐墊上，看著小柊，「你想對我說什麼？」這麼問。

小柊坐在床上。二十五歲的小柊，二十三歲的來栖，兩人看著彼此。兩個人都好年輕喔！都是剛踏入社會不久的年輕人。結衣想。

「結衣姐，我可以告訴他，我為何沒辦法去上班嗎？」

「啊，嗯。」結衣詫異地點頭。小柊終於要說出連晃太郎、父母都不曉得的事情嗎？

而且還是為了來栖。結衣不由得緊張起來。

這時，傳來踩著樓梯上來的粗暴腳步聲。晃太郎連門都沒敲，便闖進來。只見他瞪了結衣一眼，問了句：「妳為什麼在這裡？」

「小柊請我們來。」

晃太郎用銳利眼神掃向來栖，問道：「為什麼連這傢伙也在這裡？」

「我應該沒告訴晃太郎啊！」結衣看向小柊，只見他聳聳肩。

「應該是我媽偷偷告訴他的吧。算了，好吧。晃哥也一起聽吧。」

晃哥是小柊對晃太郎的暱稱，結衣因為婚事登門拜訪時，也聽過他這麼叫晃太郎。不曉得是不是因為久未聽到弟弟這麼叫他，晃太郎有些難為情地說「小柊，你……」，就這樣呆站在房門前。

「我之前待的是一間幫企業設計管理系統的公司，」小柊不在意哥哥也在，這麼告訴來栖，「因為是間規模不小的公司，所以真的很開心自己被錄取。可是進去後才發現每天都有跑不完的業務，而且沒有任何研習訓練，必須立即上第一線，邊學邊做。因為少子化的關係，錄取名額不多，我被分派的分店只有我一個是新人，結果每天都被分店長怒罵，說什麼分店業績不好都是我害的。」

「那時你才剛進去嗎？」來栖問。

「是的。現在想想會覺得很奇怪，可是那時的我從沒質疑過分店長對我的批評，只覺得自己很沒用，」小柊看向晃太郎，「因為我有個什麼都拿第一的哥哥。」

那雙眼睛閃現著不知是憤怒還是悲傷的光芒。

「從菜鳥時期就能不休假地勤奮工作，對公司有所貢獻。我哥就是這種人，所以我也想像他一樣，想說這麼做就能得到分店長的肯定。可是，我做不到，每天加班到深夜真的很痛苦，週末假日還要上班真的很累。」

當然會累。小柊就這樣咬牙苦撐了兩年嗎？

「那時的我每天都很緊張，嚴重失眠、心悸、身體僵硬緊繃，晚上根本沒辦法好好睡覺……。結果因為早上起不來，遲到的次數越來越多，常被上司罵得狗血淋頭，憂慮得根本睡不著覺。某天晚上，我哥來我房間。」

許久沒回家的晃太郎從父母口中聽聞小柊的事，便在昏暗中踩著樓梯上樓，站在弟弟的床邊，給了他一句建議。

「種田先生說了什麼？」這麼問的來栖還瞅了一眼晃太郎。

背對著發出沉鈍光芒的獎盃，站在那裡的是來栖想看齊的優秀上司。

「人類就算不睡覺，也不會死。」

小柊看向晃太郎。兩年前的那天晚上，晃太郎也是站在這間房裡。

「我哥對我說，精神可以超越肉體。」

小柊用力深吸一口氣，然後像要把內心的沉澱物全都吐出來似地說：「隔天早上，我站在月臺上想著，要是能往前一步的話，就能解脫吧。這麼想的話，就覺得死亡好像是一件很棒的事……沒什麼大不了的，就像閉上眼睛。只要這麼做，就能睡個好覺。」

晃太郎皺眉，別過臉，正要轉身離開時，結衣起身抓住他的手，對他說：「你就聽到最後吧。」

「為什麼打消尋死的念頭？」來栖一臉嚴肅地問。

「因為我想起原本要和我哥結婚的人，也就是結衣姐的事。」

「啊，那個，小柊。」結衣試圖阻止小柊說下去。

「你們以前交往過，是吧？」來栖不太高興地問，「之前我撞見你們一起加班時就有猜到。先別說這事了，請你繼續說下去。」

小柊聳聳肩，無奈地瞧著結衣。

「她來我家告知兩人要結婚一事，結果結衣姐一時喝多，醉得不醒人事。」

「那是，怎麼說……有點誤判情勢吧？而且伯父伯母也是一杯接一杯，對吧？」

結衣尋求附和，晃太郎並未回應，只是盯著昏暗走廊。

「不管我哥再怎麼喊，她還是睡得很沉，只好留在我家過夜。」

「……記得有口感厚重的紅酒、三十年的老酒，不斷拿出來呢！」結衣說。後來結衣被晃太郎責備，叨念哪有人對每一種酒都來者不拒。

「隔天一早，結衣姐因為嚴重宿醉，想休息一天，便打電話到公司請假，還謊稱自己感冒。」

這是事實，結衣無言以對。

小柊笑著說：「那時的我看到世上竟然有人敢這樣打電話到公司請假，真的很驚訝，八成一副目瞪口呆樣吧。那時結衣姐笑著對我說，偶爾蹺班也沒什麼大不了嘛。我明明準備從月臺上跳下去，想起這件事卻止不住淚水，整個人虛脫。想說既然如此，那我也可以休息一下吧。於是發了封辭職信，再也沒去公司，也終於能好好睡覺了。」

小柊用力吐了一口氣，來栖沉默不語，似乎在思忖什麼；晃太郎則是一動也不動，被結衣抓住的手腕熱熱的。

「……小柊很努力地活著呢！」結衣喃喃道，「他真的很了不起，對不對？」

結衣抬頭看著晃太郎，晃太郎卻別過臉，眼睛被肩頭遮住。

「我幫忙結衣姐，她很稱讚我呢！不是誇我回信速度很快，就是通篇都沒有錯字、調查得很詳細之類的。我在家裡和公司都得不到這樣的讚美，所以就算是謊言也很開心，至少讓我有了想做什麼事的動力，而且越來越樂在其中。」

「又來了，東山小姐就是這樣。」

來栖忿忿地吐出這句話後，又說「不過啊」。

「東山小姐用自己的方式，努力地為我們加油打氣囉。」

眼睛熱熱的。結衣低著頭，不想讓他們看到自己奪眶的淚水。

「我辭職後，為了晃哥才和結衣姐聯絡，想說至少我得和她保持聯繫，因為我幼稚地想說結衣姐若是再來我家的話，或許可以改變我哥。」

晃太郎那堅實的手腕從結衣鬆開的手抽離，隨即從走廊傳來逐漸遠去的腳步聲。

「不用管他，他一定是去簷廊那邊坐著吧。不管是甲子園輸球時，還有他因為肩傷而放棄打職棒時，或者和結衣姐分手時，他都會坐在簷廊上怔怔地望著庭院十五分鐘，晃哥總是用這種方式轉換心情。」小柊說。

只花了十五分鐘？結衣回頭看著走廊，自己可是足足花了兩年才重新振作。

「現在我明白了。結衣姐不會再來我家，她要和別人結婚，這也是沒辦法的事。我能理解她的心情，和晃哥在一起生活真的很痛苦啊！」

結衣悄聲地說了句「對不起」。小柊微笑地搖頭。

「來栖，請接受我的道歉，」結衣重新坐直身子，「福永先生斥責你時，我沒有保護你，不但沒有盡到上司應盡的職責，還要你忍受不合理的對待。」

結衣凝視著來栖，說道：「老實說，我不知道你是否能成為備受大家肯定的人；但我敢說，我很看重你。對於在父母呵護下長大的你的將來，我也有一份責任，所以……。」

還是沒能說出口「我要守護你」這句話；雖然想說絕不會讓你遭遇像小柊那樣的經歷，但我沒自信。

「所以別說你要辭職啦！這樣會影響我的考績耶。妳是想說這句話嗎？」

來栖「唉」地嘆氣。結衣抬眼。

「不是啦！我不是想說這個……。」

「既然東山小姐都這麼說了，也沒辦法啦！好吧。我就暫時還是準時下班吧。不過，這麼做是為了東山小姐哦！」

來栖又回復平常的口吻，卻沒有面帶笑容，這位備受矚目的新人用試探眼光瞅著結衣。結衣點點頭，收下「為了東山小姐」這句如千金重的話語。

「謝謝，真的……。也很謝謝小柊。」

「負責帶人的傢伙要是不可靠，底下的人真的有吃不完的苦頭啊！」

小柊半開玩笑地說，遞上面紙。用面紙擰著鼻子的結衣心想，一切尚未劃下句點，來栖還得跟著我學習很多事。

兩個年輕人聊開來，來栖抱怨結衣的讚美之詞有多麼敷衍，小柊開懷笑著，那表情讓結衣覺得好炫目。

結衣下樓，瞧見晃太郎坐在簷廊，楞楞望著木瓜海棠樹的根部。結衣對著那毫無防備的背影，猛然說出工作上的事。

「福永先生的事，你打算怎麼辦？」

晃太郎抬起臉，回頭看著結衣的眼神已經重拾堅毅。

「我不會讓福永先生退出這案子。」

「所以，你打算放棄網站營運嗎？」結衣問。

「當然不會放棄，」晃太郎說，「我不會再放棄了。」

今天不想吵架。「那我先走了。」結衣說。

「妳要走啦？」

「嗯，下午要搬家。」

剛才收到阿巧傳來詢問何時回去的郵件，搬家公司的卡車已經到了，得趕緊回去才行。

「是喔。」晃太郎又看向庭院。

「等我們的新居安頓下來後，我會努力學做菜，辦一場家庭聚會，歡迎你來玩。」

「我不會去……怎麼可能會去。」

這時，晃太郎的母親慌忙從廚房走出來。

「結衣，唉唷！妳要走了嗎？留下來一起吃午餐呀！」

「不用了，不好意思。」

「不行，別這麼客氣嘛！結衣就像我們家的孩子。要是有什麼難過的事，隨時都可以來找我們哦！當然也很歡迎妳回心轉意囉。就把這裡當作是自己的家，知道嗎？」

「這裡是我的家。」晃太郎說。

他和結衣互瞅一眼後，又看向庭院。

「是喔，妳要走囉。唉！」晃太郎的母親嘆氣，「我還特地準備了松阪牛……。」她失望地走回廚房。

「咦？松阪牛？」

結衣回頭，詢問眺望著庭院，比剛才挺得更直的背影：「怎麼辦？我到底該怎麼辦？」

「妳走吧！」晃太郎的聲音像要劃破簷廊一帶悠閒氣氛似地響著。

第五章
熱愛工作的人

一過了節分，擺在超商店頭的豆子就變得越來越便宜。

結衣買了一袋貼有折扣標籤的豆子，前往公司。倒不是為了驅鬼避邪，而是為了縮減小腹而吃，因為她在健康雜誌上看到體內一旦缺乏優質蛋白質，心情就容易抑鬱的報導。

結衣刷了卡，走進辦公室。擺在入口旁的書報架上插著男性時尚雜誌。為什麼會有這本雜誌？仔細一瞧，原來封面人物是社長；翻開貼著便利貼的那一頁，是社長的訪談。

「你不是為了公司而存在，應該是公司為了你而存在，我常這麼告訴員工。要是沒有這觀念，就沒辦法做好工作……。」

這是社長的回答。一副這間公司的工作環境已經成功改善似的口吻。

結衣邊咬豆子，邊看完訪談，還用手指彈了一下癱靠在沙發上擺姿勢的社長額頭。

「哦？這是社長嗎？不像他耶，好酷喔。他穿的是造型師準備的西裝吧？」

來栖走過來，一把拿走結衣手上的雜誌。

「來栖，你有帶麥克筆嗎？我想在他臉上畫鬍子。」

「拜託！這麼做很幼稚耶。況且可惡的不是社長，是那傢伙吧。」

來栖看向部長的位子。福永正悠閒翻閱關於程式設計的書。

外包程式設計人員因為過勞住院是上禮拜，也就是一月底的事；也是結衣造訪晃太郎他家不久之後的事。

因為有些部分實在趕不上交件時間，只好發外包；但這麼一來，就超過預算了。

沒想到還是來不及的樣子。「總之，就以目前完成的部分請款吧。」結衣說完，掛斷電話後，有好一會兒站不起來。

在還不確定能拿到網站營運的情況下，這樣拚準時交件也挺奇怪的。

「這種情況下，還限制員工加班，真是有夠煩！」福永宣洩不滿。

依社長的指示，從二月開始廢除打卡制，改用讀卡機詳實記錄每個人出入辦公室的時間，所以沒辦法自主加班。

此外，要是一週加班超過二十個小時，也會影響主管的個人考績；雖然管理階層群起反對，社長卻以打造友善工作環境為由，強制執行。

按照結衣的工作原則，應該會很佩服社長的決定才是；但現在她懷疑上面的人刻意漠視他們的處境。

吾妻事件後，所有人的加班時間不斷增加，現在平均一週加班二十三個小時。譬如，三谷都是加班五個小時，也就是晚上十一點下班。總之，要是按照規定，一週加班不得超過二十個小時，肯定無法如期交件。

福永好幾天都心神不寧，苦思對策。「乾脆把工作帶回家做吧，這樣就不用加班了。」還這麼提議，當然遭結衣反對。

晃太郎也反對福永的提議，他還舉出有人使用家裡的電腦作業，結果發生客戶資料外洩的例子。

「也是啦！主管鼓勵大家帶工作回家，確實不妥，畢竟這麼做很難確保品質。」

福永也沒那麼堅持這麼做。

可是過了一陣子，大家的工作進度卻莫名變快。

「是不是把工作帶回家做啊？」結衣利用面談時間詢問每個人，但三谷、賤岳、還有吾妻都堅決否認有這回事。

雖然一切進展順利，加班也控制在一週二十個小時內，真正的加班時間卻沉於檯面下。

結衣越來越無法掌握組員們的真正工作情形。

最近，福永常私下邀約各個組員吃午餐，讓人不禁懷疑他是否想和邀結衣去壽司店那時一樣，抓住別人的弱點，戳破別人的痛處。

「再這樣下去，會不會又發生類似吾妻事件的事啊？」

來栖邊將手上的雜誌弄成圓筒狀，邊這麼說。畢竟昨天發現賤岳製作的明細單上數字有錯，還花了不少時間修改；可能是因為疲勞的關係，大家的判斷力明顯變差。

「東山小姐也很久沒有準時下班了。」來栖說。

結衣苦惱良久後，決定從二月開始晚一個小時下班，直到確定由哪個外包單位接手做到一半的程式設計作業。

實在不能再讓晃太郎承擔更多了。其他組員也是，就怕他們偷偷把工作帶回家。目前還不到加班時間上限的人，只有結衣和來栖。

至少要守住來栖，不能再讓他陷入加班的惡性循環。因此，結衣必須承擔臨時出狀況的工作才行，而且越逼近交件時間，搞不好連週末假日都得加班。

防禦線要崩壞只是一瞬間的事。結衣一副事不關己似地想著，感覺準時下班的日子成了遙遠回憶。

「沒辦法啊！好了，開會吧。」結衣說。

來栖沉默片刻，悄聲嘆氣後，將雜誌放回書報架。看來他對結衣的反應頗失望吧。結衣也不知如何是好，一切只能盡人事，聽天命了。

結衣察看手機，昨晚因為太疲累，一回家就睡了，沒回信給阿巧。

「有空打電話給我，想和妳商量訂製床的事。」阿巧又傳來郵件。

結衣無奈地起身準備開會。

會議一開始，來栖便舉手發言：「關於星印工場高層在之前會議上提的那個條件，我們打算如何處理？」

只見晃太郎挑了一下眉，露出幹麼提這件事的表情。結衣的神情也很緊繃。

「什麼條件？」福永問。

沒辦法，總有一天還是得攤牌。結衣回道：「武田課長對種田先生說，我們要是想拿到網站營運，福永先生必須退出這案子。那時福永先生先離席了。」

福永深吸一口氣，問了句「為什麼？」，卻沒看向晃太郎。

結衣正要說明，卻被晃太郎伸手制止。

「武田課長很在意因為我離開福永先生的公司，導致工作品質下滑一事。這不是福永先生的錯，是我不好。總之，我絕對會確保品質，準時交件，化解武田課長的誤會。」

福永放心地看著晃太郎。結衣替晃太郎深感悲哀，這人到底要包庇福永到什麼時候？

會議結束後，結衣對晃太郎說：「好啦，知道了。我來訓他。」趕緊拉著來栖去茶水間。

「你那是什麼意思？投顆炸彈，拍拍屁股就走人？」

「因為東山小姐沒有任何作為，」來栖以強硬的口氣反駁，「要是我們團隊也像福永先生公司的人那麼慘，妳覺得呢？難道我們變得和以前的柊先生一樣，也無所謂嗎？」

「我會想辦法避免這種情況發生。」

「外包人員已經累垮了。」來栖露出試探眼神，瞅著結衣。

「可是大家都不聽我的勸，只聽從福永先生的指示。」

福永之前公司的員工也是這樣，其實他們大可以乾脆辭職，或是像小柊一樣逃離，卻還是選擇留下來。

「看妳的表情，難不成妳早就知道會變成這樣？」來栖說。

結衣覺得來栖真是自以為是。光是為了讓他不要加班，自己就費盡心力了。每天被大量工作壓得喘不過氣，根本沒心思、沒力氣再去想如何讓大家都能準時下班。

必須想辦法才行。結衣每天忙完後都會這麼想；另一方面，也覺得自己已到了臨界點。因為要是不這麼想，不這麼放過自己，明天一早根本使不上勁。

週末則是忙著整理新居、準備婚禮的事；但因為不時地恍神，再怎麼好脾氣的阿巧也會忍不住發火。

「搞了半天，東山小姐不也是乖乖聽從福永先生的話嗎？」

不然，你們要我這個區區的組長怎麼做？結衣不知如何是好。

這時，三谷走近，對結衣說：「可以借一步說話嗎？」結衣只好又回到茶水間。

「什麼事？我得趕快去吃午餐，不然沒體力工作。」

「我們也許無法拿到網站營運的事，是真的嗎？」三谷一臉認真地問。

「是真的啊！」

「其實福永先生說下次要推薦我當組長，所以我才會自主加班，忍耐著不休假。」

原來如此。並非要脅，而是採懷柔政策嗎？

三谷拿起乾淨的布，擦了好幾個放在瀝水籃裡的茶杯後，說道：「福永先生說要推薦我擔任網站營運的組長。畢竟營運有別於網站建置，可能是覺得我這一板一眼的個性比較適合負責例行性工作吧。」

福永倒是頗懂得適才適用，看來小企業社長這位子沒白當。

「但要是再這樣下去就拿不到營運的案子，不是嗎？這麼一來，當不了組長的我豈不成了用完即丟的棋子。東山小姐，妳不能想想辦法嗎？」

「這是我的錯嗎？」

「妳和種田先生不是交往過嗎？」

瞠目結舌的結衣忍不住想脫口而出：「福永，你這傢伙！」

「唆使種田先生離開福永先生的公司，跳槽到業界第二大公司，也就是我們公司的人就是東山小姐。可是妳卻拋棄種田先生，和別的男人交往，而且未婚夫還是業界龍頭BASIC的業務。他送了妳一枚好大的鑽戒，你們的新居還大到可以開派對，是吧？所以妳不用上班也沒關係，對於組長一職也就沒那麼上心了。所以都是因為妳，事情才會變成這樣，不是嗎？」

根本是扭曲事實。結衣覺得好恐怖。也許福永和三谷他們談話時，內心認定事實就是如此。

「不過我對他說的話，半信半疑就是了，」看來三谷也對福永所言有所存疑，「我覺得福永先生把責任都推給妳，也太不厚道了。不過東山小姐也很自私，只顧自己好，所以妳為我們奮戰也是應該的吧。」

我已經奮戰到精疲力盡，卻還是抵擋不了。就在結衣思索要怎麼回應時，又被三谷逼到茶水間的最裡面。

「東山小姐，拜託妳了。既然妳和種田先生有過婚約，可以拜託他別讓福永先生參與這案子嗎？這麼一來，我們就能拿到網站營運了，是吧？」

「我覺得種田先生不會這麼做。」

晃太郎一遇到這件事，脾氣就很硬，不太可能被結衣說服。

「那就請妳越級呈報。為什麼不向上反應？難道是顧慮種田先生？」

「不是這樣。」

「還是對他有所眷戀？」三谷的臉色很難看，「原來如此，原來是這樣啊！我就覺得奇怪，工作態度不怎麼積極的東山小姐居然願意當組長。看來妳只是想接近舊情人罷了。不願意讓我當組長也是出於嫉妒嗎？」

不是的，我從來沒這麼想，卻還是被誤會。三個月前，沒人阻止發高燒卻堅持上班的三谷，結果是結衣說服她去看診。而福永竟然從中挑撥離間，實在不可原諒。

結衣不想跳過上司晃太郎，越級呈報；況且要是這麼做，等於全盤否定晃太郎的工作能力。

福永曾說對晃太郎而言，人生只剩下工作。

「再說了，」三谷死纏爛打，「既然妳把我推開，當上組長，就有義務責任守護組員，不是嗎？」

「我想守護啊！可是大家全都站到另一邊！」

「就算是這樣，如果我們判斷錯誤，妳基於職責也要把我們拉回來啊！應該把結婚、前一段感情都拋一邊，當個奮勇領軍向前的組長，不是嗎？！」

「再怎麼說……我只是個小小的組長，妳的要求未免太強人所難。」

只要這案子結束，就能回歸準時下班的生活，所以再多的不合理也要咬牙忍受。結衣已經開始這麼想，三谷卻還是不放棄地慫恿。

「難道妳要自甘墮落，當個無能的上司？」

腦中浮現死去祖父的筆記本上的文字，竟然與三谷的聲音重疊。我不想被別人這麼批評！結衣火大了。

「既然如此，組長一職讓給三谷小姐，如何？妳自己把福永先生踢出去就行啦！」

「我才不要，我也不想被種田先生討厭。」三谷說完，轉身離開。為什麼只想推別人出去當替死鬼？結衣不解地步出茶水間。

「別在意她說的。」賤岳對結衣說。走過結衣身旁的她將便當盒放進水槽，扭開水龍頭清洗。

「三谷小姐也是聽了不少傳言，不得已才來拜託妳的，因為她很害怕。」賤岳說。

「害怕？」不是因為不想被晃太郎討厭嗎？

「畢竟種田先生是高層很看重的人，何況是那個石黑挖角來的人才。就算越級呈報，真的把福永先生拉下來，但之後呢？只怕會被說是破壞團體向心力的傢伙，被順勢做掉也說不定。畢竟三谷小姐未婚，而我還有家庭要顧，也想躋身高層囉。」

「所以她才慫恿我去說？不覺得這麼做很狡猾嗎？」

「妳要是有個萬一，還有未婚夫可以養妳，不是嗎？反正妳本來就對出人頭地沒興趣，又跟福永有私人恩怨。記得陪妳一起借酒澆愁時，妳說前未婚夫竟然選擇工作，而不是選擇妳。既然那個和妳有過婚約的是種田，那麼讓他對工作如此執著的人就是福永囉。」

福永也向賤岳說了什麼嗎？即使他這麼做是為了挑撥結衣和其他組員的感情，但要這種手段真的能得到夥伴、得到真正的信賴嗎？

「福永先生是不是對前輩說了什麼？」

「應該和三谷小姐聽到的差不多吧。說什麼很快會把妳從組長的位子拉下來，換我來當。問題是，不一定拿得到網站營運那案子，所以為今之計就是把福永踢出去。」

賤岳拍拍結衣的肩膀，拿著洗好的便當盒走回辦公室。結衣覺得頭有點暈，趕緊扶著水槽邊蹲下來。好累。

這天，結衣又加了兩個小時的班，累得在電車上一路站著睡到站。

最近就算回到家，也常接到組員傳來的緊急聯絡，根本沒辦法去上海飯店放鬆一下。現在肯定還有人在加班，至少晃太郎還在辦公室。一想到此，就連躺著休息也無法放鬆。小柊說的應該就是這種感覺吧，好痛苦，無論身在何處，都無法擺脫工作帶來的壓力。

結衣關掉燈，強迫自己閉眼，無奈眼前還是浮現一幕幕可怕光景，好多等待處理的工作，密密麻麻的工作排程，不斷朝自己襲來。

離交件日只剩兩週。

要是平常的話，早就已經開始測試各環節，福永帶領的團隊工作進度卻還停留在製作階段。結衣還是第一次碰到如此延宕的情形。

另一方面，絲毫未見晃太郎顯露疲態，隨著交件日迫近，他的工作速度越快。

「從現在開始，一面製作，一面進行測試吧。」

身為管理階層的晃太郎不受加班時間限制，已經結束手邊工作的他還接手延遲的部分，逐一解決。

「我們要追上落後的進度，只要抱著拚死覺悟，一定可以完成。」晃太郎說。

聽到這番指示的組員們踩著沉重腳步離開會議室。最後一個出來的三谷面露幽靈般的神情瞅著結衣，吾妻也累到不發一語。

「身為組長的我替大家請願，」結衣向福永攤牌，「趕緊向其他組借調人手吧。不然再這樣下去，大家會累垮。請福永先生去拜託石黑先生吧。」

福永一聽到石黑這名字，神情就很緊繃。結衣悄聲嘆氣後說道：「石黑先生那邊，我來說明。就說福永先生已經盡全力處理了，可是身為組長的我還是有力不從心的地方……就這麼拜託他看看。」

一旁的晃太郎還真能忍受這場鬧劇。

「好吧，我也覺得這樣比較好。其實我也很猶豫要不要指責妳做得不夠好，卻又說不出口。」

這麼說的福永撫弄著隨身碟，沒看著結衣。

「妳要是早點察覺這一點，案子就能早點結束，不至於搞到這地步。」

「……也是啦。是我不夠警覺，真的很抱歉。」

跟這種人生氣只是白費體力。只要和石黑談妥後，吾妻負責的部分就可以開始測試。比較令人頭疼的是，以「急件」傳送給牛松的郵件已經過了兩天，還是沒收到回音。

結衣一到走廊，手機便響起，是阿巧打來的。慘了，三天沒回覆他。胃好痛。

「我已經敲定雙方家長碰面的日子，三月六日，在威士汀飯店。我打電話給你爸媽了，他們那天也沒問題，只是想說再確認一下。」

結衣腦中浮現工作排程表，三月六日剛好是交件日。

「雖然是平日，但妳要是準時下班的話，應該來得及吧。」

「那天……，」早上十點要交件，但要是有什麼問題的話，怕是無法準時下班，「我不知道那天能不能準時下班耶。」

無論如何，一定要準時下班。雖然以前一直都是這樣，但現在已經不敢這麼篤定了。

「可是大家只有那天有空。我週末要去練習操控帆船，我爸媽隔天就要去威尼斯玩。」為什麼阿巧的爸媽要挑這時候去旅行？我都快忙翻了，應該先考量我的時間才對吧？

「我已經訂好晚上七點，二十二樓的餐廳。結衣，妳有在聽嗎？」

「有在聽。」結衣覺得自己的口氣有點不耐煩，心想這樣不太好。其實阿巧代替結衣，承擔許多婚禮籌備事宜。

「妳要把這件事記下來哦！我可不想再和上週末一樣，一個人去挑選床。」

「知道了。」結衣邊回應，邊在心裡埋怨自己為何非得遭受指責。自己可是一直拚命努力，想說等這案子結束，就能專心籌備婚禮。

「週末也去新居看看吧。結衣，記得看一下我傳給妳的郵件哦！要是之前的妳早就不幹什麼組長了。為什麼這次這麼堅持？是因為種田先生的關係嗎？」

「不是！」結衣不太高興地說，阿巧的聲音還是很溫柔。

「雙方家長碰面後，就要舉行婚禮了。雖然只是請些親戚好友，還是不想隨便馬虎。我弄好排程表後傳給妳。」

「嗯。」不會吧？又多了一張表格？結衣無奈地掛斷電話。

結衣一到管理部，「你沒長腦子啊⁈」便聽到石黑的臭罵聲，好像是在打電話責備提出亂七八糟工作進度表的團隊。結衣站在門口朝石黑招手，只見他晃著龐大身軀走過來。

「呦，這不是火燒屁股的組長嗎？妳沒看到我正在忙啊！」

現在沒空抬槓，結衣一臉嚴肅地拜託。

「請借調人手給我們，只要兩個禮拜就行。像是負責銀行那邊的團隊，他們的工作模式比較固定，排程應該沒那麼吃緊吧？可以向他們借調人手嗎？」

「太遲了。他們已經決定接下地方政府那邊又急又難搞的案子。」

「真的沒有多餘的人手嗎?」結衣不死心。

「沒有。」石黑冷冷回道。

「每天多給三條那個東西,如何?」

「妳是想殺了糖尿病患者嗎?」

石黑搭著結衣的肩膀,推她到走廊。

「妳聽好了,小結。社長上禮拜跟我說了些心裡話。看來這傢伙打算將公司打造為業界第一,所以對他來說,今年是非常關鍵的一年。你們已經確定無法拿下網站營運的案子,是吧?公司怎麼可能撥人力給注定會賠錢的案子。總之,只要求你們不能虧損,絕對不行!反正種田那個工作狂肯定有辦法啦!呵呵。」

石黑不是說倘若情況真的不妙,可以跟他說嗎?結衣不死心地說:「大家都累癱了。甚至把工作帶回家。」

「福永的指示嗎?哈,還真是無能傢伙會幹的事。」

「他瞞著我這麼做,我也沒辦法阻止。」

「是他自己一意孤行吧。別管他,就是有那種不見棺材不掉淚的傢伙,我就是個血淋淋的例子,愉快的回診生活,加上一輩子吃喝都得受限。不過想想,也是個好機會囉!和那些傢伙交手,可以藉機瞧瞧另一邊的情形,不也挺好嗎?」

石黑從口袋掏出糖包，一口氣吃光今天的分量。

「另一邊是什麼意思？」

「就是種田待的那一邊，我也會一不小心就想過去。其實當個工作狂也沒啥不好啊！搞不好比和女人在一起更爽。」

結衣朝石黑的側腹重捶一拳，鬆垮的肉被捶得凹陷。結衣對「嗚」一聲，嘻皮笑臉的石黑撂了句「變態」後，轉身走向製作部的辦公室。身後傳來石黑的聲音。

「要是不曉得另一邊的情形，可是無法站上高位哦！」

「我才不稀罕。」結衣頭也不回地說。

心好沉重，原以為石黑會答應幫忙。……也是啦，人家沒理由把工作當慈善事業來做，只能怪自己太天真了。

福永得知無法借調人手後，立刻召集所有人到會議室。

「從明天開始來個晨間讀書會吧。每個人讀一本經濟方面的書，然後發表讀書心得。」

沒人附和。結衣只好發難：「請問，為什麼要這麼做？」

「進度之所以延遲是因為大家缺乏危機意識，所以重新認識日本的經濟，不，世界的經濟情勢是如何嚴峻，應該能激發大家的危機意識。」

大家已經如此疲憊，有必要搞這種事嗎？

「妳沒聽過『精神可以超越肉體』這句話嗎？」福永說。

晃太郎也會對因為過勞而夜不成眠的小柊，說過這句話。

結衣反駁：「一旦精神超越肉體……精神和肉體都會崩潰吧。」

「那是因為那小子太軟弱。」晃太郎嘀咕，結衣斜睨他一眼。難道這男人聽了小柊的那番話，絲毫沒有反省之意嗎？

「要是早上開讀書會，就超過加班時間上限了。這樣也會影響福永先生的考績吧。」

「在家庭餐廳開讀書會就不會在打卡單上留紀錄，也就沒這顧慮啦！」

三谷與賤岳的視線刺著結衣的臉頰。結衣沒再反駁，也沒人想忤逆這氣氛。

「種田先生也認為應該這麼做嗎？」結衣問。

「我只負責公司內部工作，對於自主發起的讀書會沒意見。」

晃太郎的視線落在手邊的文件資料。自從結衣帶著來栖造訪種田家之後，他就刻意避著結衣，而且像是強迫自己似地，更加埋首工作。

「早起開讀書會，只會讓人想睡覺，工作效率更低落。」結衣回道。

「我沒這問題，也會支援其他人的工作。」種田卻說。

「既然種田都這麼說了，我就更有信心了。大家都會參加吧？」福永掃視眾人。

「呃……是。」吾妻回應。諷刺的是，三谷也點頭說「可以增長見識」，賤岳也附和「我會和外子商量，調整早上的作息時間」。

來栖則是露出「再這樣下去，可以嗎？」的表情，看著結衣。

「啊，對了，吾妻，」福永說，「新的外包人員寫的程式不夠好耶。我會整個重改。」

「什麼？」吾妻眼神猶疑，「可是已經測試過，沒有任何問題。」

「就算如此，那種程式碼乍看就不吸引人啊！」

都到這階段了，還在胡說什麼啊？現在才說要重改，實在匪夷所思。這麼一來，所有測試都得重新來過。結衣代替不知該如何回應的吾妻反駁：「福永先生，沒有人會在意這種事，你太吹毛求疵了。」

「星印那邊是不會說什麼啦！但我想讓客戶知道我們有一流水準的程式設計。」

「我覺得無法準時交件，問題更大。」

「好歹我也是工程師出身，這麼做可是違反我追求完美的信念。」

拜託！難不成為了你這無謂的堅持，所有人都要更累嗎？

「我明白了，」晃太郎插嘴，「福永先生專心重寫，我會支援其他工作，以及吾妻負責測試的部分。」

一臉如釋重負的福永點點頭，看著結衣。

「麻煩妳告訴新的外包人員，這次不必請款了。」

「什麼？」結衣一時之間以為自己迷失在另一處空間，「你的意思是我們不付錢嗎？」

「要是出現更大的赤字，可是會影響我們的考績啊！石黑先生又很囉唆。反正我們下次還會發給他，就說到時一起給。」

「憑什麼說下次一定會發給他？」結衣一時啞然，忍不住反問。

「我也沒把握啊！可是對方應該不會拒絕，想說下次還有機會合作就會願意配合嘛！我在之前的公司也是這麼做，沒問題的。」

莫非你都是這樣對待外包人員？結衣渾身起雞皮疙瘩，不禁想起上個月累倒的外包人員打電話道歉時，那氣若游絲的聲音。

「這樣真的會鬧出人命啊！」來栖喃喃自語。

「你太誇張啦！」福永笑著說，「不過要是抱著必死的決心，就不會有做不完的工作，是吧？」

「……是啊。」結衣凝視這麼回應的晃太郎。

這是福永灌輸他的觀念嗎？抱著必死的決心，做就對了。將這句話灌入剛離開校園、成為職場新鮮人的骨髓？種田家的長子居然為了這種男人賣命？連他弟弟也深受這句話的影響。

「大家和我一起死吧！」

不曉得是不是情緒太亢奮，福永還站起來。

「啊，別誤會哦！我不是叫大家真的去死啦！不過啊，只要抱著就算不睡覺、不吃不喝，也不想輸的心情，就會出現奇蹟。總之，絕對不會虧損，我們一定會拿到網站營運的案子。」

再這樣下去，可以嗎？結衣自問。這樣真的行嗎？

一再重蹈覆轍，好幾次、好幾次，絲毫不知反省，這樣行嗎？

「東山小姐，」晃太郎對一直默默注視福永的結衣，說道，「別再想些有的沒的了。既然已經到這地步，我們只能想如何準時交件。」

和我一起死吧。結衣看著被福永慫恿，好幾次險些喪命的前未婚夫，內心湧現和四個月前決定當組長時一樣的衝動。

她甩開內心拚命勸阻的另一個自己，「福永先生這番話讓我非常感動。」這麼說。

「啊？」眼神猶疑的吾妻瞬間怔住。

三谷和賤岳也很錯愕，露出「莫非妳要迎合福永」的表情。她們以為只有結衣會反抗到底吧。沒想到結衣卻說：「從現在開始，我也會抱著必死的決心工作。」

晃太郎蹙眉。為什麼突然這麼說？他那銳利眼神射向結衣。

「大家聽到了嗎？」

福永臉上浮現一抹得意的笑。

「就連東山小姐也有所覺悟，可見『和我一起死吧！』這句話有多強，」福永十分滿意地看著結衣，說道，「看來妳不需要參加早上的讀書會了。」

結衣回以微笑後，開始不停動腦思索。

一出了會議室，來栖追上結衣，問道：「妳剛才是怎麼回事？」

「我覺得乖乖聽話比較輕鬆，所以來栖也別再做無謂的抵抗。」

「妳是不是有什麼策略？」來栖湊近結衣，確認四下無人後，悄聲說，「妳假裝當個聽話的乖乖牌，讓他鬆懈防備心，是要準備反擊福永，對吧？為什麼不回答？不會吧？該不會還沒想到任何計策？」

來栖對於這種事倒是挺敏銳。

結衣也壓低聲音：「沒辦法啊！我也沒想到自己會說出那種話。」

「妳真的還沒想到任何計策？」來栖傻眼，「算了……反正我們有我們的計畫。」

「我們？」

結衣回頭，心想他應該是順口說說的吧。只見來栖有點不知所措地低著頭。

「其實我和柊先生一起擬定了計畫。之前待過福永先生公司的人想報仇，說他害別人無法回歸職場，自己卻在別的公司活躍，所以絕不原諒他。」

「怎麼報仇？」

做這種事又如何？搞垮福永，將他逼入絕境，這麼做真的能解決目前面臨的問題嗎？

「東山小姐不會不甘心嗎？」

來栖面露痛苦神色，也許內心還留著遭福永斥罵時受的傷。

「我不會覺得不甘心。」只是有時實在想不透。

人為什麼要工作？爸爸為什麼常常不回家？晃太郎為何不是選擇我，而是選擇工作？明明是好久以前的事，卻還在腦中盤旋。

「總之，我們會反擊。」來栖撂下這句話後，回到自己的位子。

此時換吾妻走過來。

「照目前進度要重新測試，可不是開玩笑啊！不覺得福永很莫名其妙嗎？」事到如今他才抱怨，「我才不想參加什麼晨間讀書會。什麼世界經濟很嚴峻、競爭激烈、全球人才、ＡＩ之類的，光聽就覺得煩。」

「那就不要參加啊！」

「這可不行。」

結衣目送一臉無奈的吾妻回座後，準備發郵件給小柊。就在她打著「我聽聞了復仇計畫，告訴我詳細情形」這行文字時，有人突然用力攫住她的肩膀。結衣趕緊按下傳送鍵。

「妳在幹什麼？」不用回頭，也知道是誰。

晃太郎跪在椅子旁邊，似乎避免讓福永看到他們在交談的樣子。只見晃太郎用質疑的眼神看著結衣。

「假裝順從福永先生，妳這次又想搞什麼鬼？」

莫非被晃太郎識破了？

「隨便你怎麼想。好了、好了，別妨礙我工作。」

「這是對上司說話的口氣嗎？」晃太郎微笑，「總是準時下班的傢伙，怎麼可能會認同那句話。」

這男的到底想說什麼啊？結衣偏著頭，瞅著晃太郎。

「你不是命令我只准想著如何準時交件嗎？」

「是沒錯啦，」看來晃太郎自己也不曉得到底是要說什麼而走過來，「……總之，妳和平常一樣就行了。別做些奇怪的事。」

晃太郎這麼說後，回到自己的位子。結衣望著他的背影，思忖著：難不成他在擔心我？擔心我是否勉強自己。……不，他才不會這麼想吧。那男的一向只會要求我更努力。

這時，結衣的手機震動。

小柊回信，信件主旨寫著「為了我哥」。結衣迅速看過，看來小柊沒有因為復仇計畫被結衣知曉而有所動搖，他決心放手一搏的樣子。

結衣來到走廊，買了一杯自動販賣機的咖啡，坐在椅子上再看一遍郵件。

「我聽我哥之前的同事說，只要交件日迫近，我哥就完全沒休息，只靠喝些機能飲料和水撐著，連三餐都省了。活脫脫就是個工作狂，是吧？最後甚至只睡兩小時的樣子，最近更是幾乎睡不到兩小時。……對不起，我拜託來栖讓我偷偷登錄你們公司的網站，我知道這麼做是違法的。」

這幾天，小柊登錄我們團隊的工作進度表，監視晃太郎的工作時間。

「他從沒離開電腦超過三十分鐘，我看已經不是減少睡眠時間，而是根本沒睡。」

小柊這封郵件很長，結衣的手指不停滑著。

「聽我媽說，我哥小時候和我一樣是很內向的孩子，光是不小心踩到蟲子就會傷心得哭個不停。我爸對身為長子的他寄予厚望。這是在我出生前的事，少棒比賽輸球的那天，我爸一整天都不跟我哥講話；後來我哥出賽甲子園，我爸也只追問他為何無法奪冠；我哥念大學，我爸也叮囑他要以成為職棒選手為目標。不管我哥再怎麼努力，非但得不到誇獎，還被數落為何沒更努力。我爸不但對我哥如此，對我也是；所以我哥是真心為了我好，才會對我說那些話。總之，晃哥就是這麼死腦筋。」

明明兄弟倆年紀差這麼多……不，正因為是自己的親弟弟，才會嚴格要求吧。

「所以我之前說的那些話，肯定很傷他的心，覺得自己被完全否定吧。其實我哥並不像自己想得那麼堅強，就以坐在簷廊十五分鐘這件事來說吧。他只是停止思考，並非不再猶疑，所以晃哥只是為了欺騙自己才埋首工作，福永就是利用他這一點。」

自己是否也是他不再猶疑的對象呢？結衣思索著。

「福永那傢伙受不了別人的批評，要是遭到以前的部屬譴責，深受挫折的他應該會遞辭呈吧。這麼一來，我哥就能解脫了。」

事情真的有那麼簡單嗎？不過，福永應該是那種一旦說不幹了，就會暗自決心辭職的人。結衣回信給小柊。

「明白了。不過我這邊也要顧慮進度和交件日，所以一定要和我商量哪時動手。」

結衣思忖片刻後，加了一句「對晃太郎來說，人生只剩下工作」後，按下傳送鍵。

「了解。我知道這麼拜託不盡情理，還請結衣姐幫幫我哥。」小柊回道。

因為咖啡太甜，結衣沒喝完，將剩下的倒進水槽。還沒想到如何將福永踢出去，何況還卡著晃太郎這個大難關，如何才能讓他拋去忠誠心與罪惡感呢？

——工作、跟我結婚，到底哪一個重要？

兩年前，晃太郎毫不遲疑地選擇「工作」。那時沒被選擇的我說服得了那男人嗎？沉鈍痛楚襲上結衣的胸口。

「你能奮戰二十四小時……嗎？」

站在茶水間的結衣喃喃自語，眺望窗外。從這裡可以望見灣岸區的新建大樓、新宿的摩天大樓群，這些都是昭和時代的企業戰士們努力奮鬥的成果。

為何晃太郎面對工作，要如此拚命三郎呢？

結衣突然想到可以問問那個人，問問將泰半人生奉獻給公司的男人——也許父親知道如何改變晃太郎的心。

結衣晚了兩個鐘頭才下班。一回到老家，瞥見父親站在客廳，楞楞地脫去喪服上衣。

「阿巧有跟你們說，約好三月六日雙方家長碰面吧？」結衣這麼問，父親卻沒回應，

「他還傳了郵件，有收到嗎？」

「喔喔，那件事啊！有，我知道。我去一下洗手間。」

父親一走遠，母親湊向結衣說：「你爸今天去參加喪禮，往生者是他過去一手栽培的部屬。」

「原來如此……難怪他看起來心情不太好。」

「聽說是開會時腦中風。孩子們還在念國中，真是可憐啊！」

母親拭了一下眼角。不難想像父親是怎麼栽培屬下。

「久等了，」父親步出洗手間，「那個……上二樓說吧。」

結衣跟著背駝得比平常誇張的父親上樓。

父親一走進祖父的房間，便翻開之前那本筆記本遞給結衣，說道：「這裡有忠治收集的英帕爾戰役始末的剪報。」

「不是說別再提這件事了嗎？」

「妳先看就對了。」

反正結局一定很悲慘吧。正因為不想知道結果，才沒調查遭英軍擊退後的情形。結衣戰戰兢兢地窺看報導標題。

「無視上級指示，下令撤退。」

咦？結衣蹙眉。總覺得和之前看到的報導不太一樣。

「遭英軍迎頭痛擊後，日本軍陷入可怕的饑荒。」

不待結衣看完，父親便自顧自地說：「那時一天好像只能分配到一個手掌分量的米，而且不是每個人都分得到哦！而是每個小隊分到的分量。加上瘧疾和赤痢等傳染病，使得士兵身體狀況更差，根本沒辦法打仗啊！雖然前線司令官佐藤幸德三番兩次拍電報請求支援，牟田口司令官卻沒有任何回應，還說身為皇軍，就算不吃不喝、沒有半顆子彈也能上戰場。」

結局果然很悲慘。心情沉重的結衣不禁嘆氣。

「佐藤司令官還是不死心地不斷拍電報……後來他無視上級指示，下令撤退。」

「意思是他……自行下令撤退？」

「這可是日本陸軍有史以來的破天荒大事呢！佐藤司令官一聲令下，拯救了一萬名士兵的性命，卻也很難再繼續作戰。」

戰時有人敢忤逆上頭的意思嗎？不曉得。結衣的視線又回到報導。

這場造成三萬人犧牲，約四萬人受傷，極度有勇無謀的戰役總算落幕。結衣心情沉重地說：「既然一開始就知道是打腫臉充胖子的事，為什麼沒人阻止？大家不覺得奇怪嗎？」

「因為那是個即使如此，還是必須服從的時代。」

結衣凝視著父親的蒼老側臉。和我出生在不同時代的妳，有資格批評我的工作態度嗎？也許父親想這麼說吧。

「忠治寫的那句無能的上司，應該是指某個人吧。也可能是在批評像佐藤司令官那樣不服從命令的傢伙。」

「怎麼可能？公司又不是軍隊。」

「不管是公司，還是軍隊，組織就是組織，從古至今沒變過。」

父親掏出手機，點開結衣傳來的郵件。昨天晚上，結衣將截至目前為止的始末寫了封郵件，傳送給父親；想說事已至此，也沒什麼好隱瞞，索性全招了。

「想將強迫大家加班的上司踢出手邊的案子，卻又不能讓晃太郎知道，所以最好讓他能主動退出，沒錯吧？」

結衣頷首。

「……不可能啦！死心吧。」

結衣傻眼。「爸，這就是你的回答？」

父親幾乎將人生奉獻給公司；他選擇工作，而不是陪伴女兒長大。結衣一直期待父親的內心有一絲後悔，期待這樣的他給予建言。

「至少給些建議吧？」

「這就是建議啊！不可能的。死心吧，」父親深深嘆氣，說道，「我說妳這個女兒真的很奇怪。只是因為覺得工作很累就請假，一點也不在乎別人的臉色；不但不願意加班，還無法忍受不合理的事。日本上班族的固有美德，妳一個都沒有，還總是做些背道而馳的事，所以我一直都很擔心妳。妳已經超過三十歲了，好歹也站上管理階層，也該知道有時候還是得向權勢低頭。」

父親本想隱忍不說，卻做不到。

結衣反駁：「就算向權勢低頭，但明知是錯的就該反抗，這才是美德吧？」

星印工場的案子也是，要是結衣及早做些什麼，外包人員就不至於累倒，案子也能順利完成。

「妳聽我說，我也不想向權勢低頭啊！」父親面露倦容地搖頭，「我們那個時代啊，要跳槽到別家公司可不像現在這麼簡單，就算遇到什麼不合理的事，也只能忍耐地待到退休。面對工作以外的應酬，也無法輕易拒絕，一切都是為了妳媽還有你們，我才一直忍耐著；所以現在被妳這樣批評，實在氣不過。」

結衣很想一如往常地回嘴，卻開不了口。因為自從自己無法準時下班後，似乎多少能理解父親的心情。

「現在的我能理解爸爸為何常常加班到很晚才回家了，」結衣說，「爸爸也用自己的方式反抗過吧。只是一旦向權勢低頭，便很難脫身，畢竟有些事不是孤軍奮戰就能成功。」

就像福永要求大家參加讀書會，沒人敢反對；所以就算結衣反對，也無法改變什麼。

父親一定嘗過好幾次這種經驗後，只能徹底死心；為了養家活口，只好選擇忍耐一途。

父親深深嘆氣。

「妳能理解嗎？看來妳長大了。」

「就算是這樣，我也希望爸爸每天回家。」
「什麼……？」
「我不希望你勉強自己，不希望你過勞死，我討厭只能看著你的遺照。」
結衣抬起頭，看著父親。
「所以我是這麼想的，爸爸有自己的人生，我也有我的人生。」
再次湧起反抗心。結衣睜大眼看著一味認為自己的女兒是「怪胎」的父親。
「爸爸其實也是這麼想的吧？覺得是自己害死部屬。」
結衣直盯著被父親坐得皺巴巴的褲子。
「什麼賭命工作，簡直莫名其妙！」
父親別過臉，站起來，沉默片刻後說道：「能夠死在工作崗位是我的心願，我們這世代就是抱著這樣的覺悟面對工作。妳總有一天會明白這種心情。」
我不想明白這種事，也不想步上後塵。結衣的視線又回到剛才那則報導。
「我不想看到任何人死。」
「無視上級指示，下令撤退」這行字躍入眼簾。
「勸妳別想些有的沒的，」父親趕緊勸阻，「妳曉得佐藤司令官後來怎麼樣嗎？被拔去官階的他也有以死謝罪的覺悟。後來他接受軍法審判，遭指責要為這場敗仗負責；但他因為身心狀況不佳，獲得不起訴的同時，也被貶為閒職。反倒是那些不想扛責，擬定那種有勇無謀戰略的司令官們一路高升，像是牟田口司令官後來當上軍校校長。結衣，我再提醒妳一次！」

父親站起來，俯視著女兒訓誡：「組織這東西從來沒變過！妳要是想興風作浪的話，只會落得下場悽慘，難道就不能忍一下嗎？」

結衣的腦中浮現交件日迫近的星印工場網站，還有愣頭愣腦的牛松那張快哭出來的臉。的確，或許忍耐一下比較好。

「還有啊，那個武田課長可能是個雙面人哦！」父親露出銳利眼神，以一副成天忙著應酬的上班族嘴臉，這麼說。

「他說想換一間就算花上比較多的預算，也能保證高品質的公司？大環境這麼不景氣，我還真沒遇過講話這麼有氣度的客戶啊！」

其實結衣也覺得不太對勁。畢竟現在每家企業都在大砍行銷宣傳費用。

「我看他是想將自己和負責這案子的人捅出來的簍子推給你們，然後以換別家做做看為由，要脅你們提出壓低預算，又能確保品質的報價單吧。」

也許就像父親說的，武田那句「請提出能說服我們的報價單」確實隱含著這樣的意思，只是結衣他們一時不察。

所以就算把福永踢出去，這場有勇無謀的戰役也不一定會結束。

「就算是這樣，我也不能任由福永先生亂來，」結衣感覺自己的用詞變得尖銳，「福永這傢伙肯定又會用同樣手法，利用部屬的弱點，整垮外包人員，搞不好連公司都會被他搞得一團糟。」

結衣沒想到自己也被拖下水，而且是在不知不覺間。

「再這樣下去，晃太郎會倒下來、會過勞死也說不定。」結衣說。

父親停下腳步，也許是想起兩年前的事。

「晃太郎和爸爸很像，不惜賭命工作，無論面對再怎麼離譜的情形，他都不會逃避，因為家裡、公司都是這麼教導他……可是我想改變他！」

結衣將兩年前晃太郎之所以累倒是為了她，想跳槽到能夠準時下班的公司一事告訴父親，只見父親一臉驚訝地說：「那個晃太郎想準時下班？」

「要是那時候我能理解他的處境，也許我們就不會分手，他也不會到現在還是孤單一個人。」

「結衣，妳……。」

「我不是想要挽回什麼，因為我已經決定和阿巧結婚，只是想償還這份情罷了。我想改變晃太郎，所以必須讓福永先生自行退出這案子。」

父親握著門把，沉默片刻，似乎在思索什麼。結衣默默凝視父親的背影。

「很難啊！」父親回頭，「不過也不是沒有辦法。」

「告訴我！」結衣前傾身子。

「不過要是成功了。妳得陪我和你媽一起去旅行。鬼怒川溫泉好像不錯呢！來個三天兩夜，享受道地的溫泉，大啖山珍海味，還要讓即將嫁人的女兒幫我按摩肩膀，如何？」

結衣看著一臉難為情，提出這般要求的父親。心想上了年紀的人，果然變得比較脆弱啊！看來總有一天他會後悔過著被工作占據的人生。

我不希望晃太郎變成這樣。結衣想起晃太郎凝視著老家庭院的木瓜海棠，那毫無防備的背影。我不希望看到曾和自己論及婚嫁的男人孤獨終老。

「改成兩天一夜，不提供按摩肩膀的服務，費用由你出，那就沒問題。」

「哼！還跟我討價還價啊！」父親走向房間角落，拿了掛在牆上的黑色大包包，叨念著走過來，「這個借妳。」

「借我這個？」結衣皺眉，瞅著父親肩上揹著的高爾夫球包。

「我那年代都是靠這東西打通各種事，」父親說，「妳乾脆直接投訴，如何？」

「向誰直接投訴？」

「這還用說嗎？」父親竊笑，「當然是最大咖的人啊！」

週五早上，眼看下週一就要交件，結衣緊張地坐在沙發上等待著。六點五十分，有輛計程車停在高爾夫球俱樂部門口。結衣不由得喃喃自語「來了、來了」。有個四十幾歲的中年男子抱著白色長形球袋，踩著地毯走過來。男人看向結衣這邊，停下腳步。結衣站起來，走到男人面前。

「早安，社長。」

灰原忍，三十歲那年離開當時任職的公司，找了大學時代同個社團的學弟們一起創業。當時還是大學生的石黑就是其中一人。公司第一年還付不出薪水，第二年就創出年盈收五千萬日圓的佳績，到現在成了一間三百名員工的公司，社長就是灰原忍。

最近的年輕人明顯不碰高爾夫，不過有些年輕企業家還滿常去就是了。父親這麼說，拿來一本封面人物是灰原的雜誌。結衣看了一眼雜誌封面，還真的是擺出準備擊球姿勢的灰原。父親說：「像他這種實力不怎麼樣的傢伙都會一大早獨自去練習，這就是妳要鎖定的目標。」

「您還記得我嗎？」結衣說。

十年前，正在找工作的結衣之所以參加這間公司的面試，是因為看了報紙上關於灰原的採訪報導。當她知道灰原想改變這個加班如同家常便飯的業界時，真的很想見見本尊。

出現在最後面試階段的灰原聽到結衣想進公司的動機，笑著說：「妳應徵其他家，肯定都沒上吧？」的確，結衣應徵了上百間公司，卻沒有一家錄取。

灰原的個頭和結衣差不多；有別於雜誌上經過設計的造型，今天他穿的是百貨店櫃姐幫忙選的高爾夫球裝。

灰原默默瞅著結衣幾秒後，說道：「越級投訴是沒用的，有事請透過我的祕書，還要上司批准才行。」

重新揹起發出喀啦喀啦聲的球袋，走向櫃臺，就像一般企業老闆的態度，但骨子裡應該沒變才是。結衣大喊：「請留步，社長。……灰原社長！」

「不要這樣，」灰原回頭，「這裡可是具有歷史與傳統的高爾夫球俱樂部！」

果然，他還是很在意世俗眼光。結衣說：「請讓我和您一起練習！」

「東山小姐對運動感興趣？妳不是說自己學生時代一直都是回家社嗎？」

「您還記得啊！想說這幾年公司員工不斷增加，您大概不記得有我這名員工吧。」

結衣剛進公司那時，員工不到五十人。

還記得灰原有點不知所措地在員工的婚禮上致詞。

結衣和石黑經歷過的新人研習活動也是出自灰原的主意。研習課程最後一天辦了一場聚會，不勝酒力的灰原吐到不行，那時在洗手間用手指幫他催吐的人就是結衣。

「我永遠都不會忘記那個將燒酒、日本酒、水果酒和伏特加混在一起，騙酒量不好的我說是果汁的新進員工。」灰原不悅地說。

「我那時也是一堆煩惱，結果不小心喝過頭。」結衣無奈地回道。

隨著公司急速成長，灰原和員工的關係變得比較疏離，現在就連要在走廊擦肩而過也不太可能了。對員工來說，灰原成了遙遠的存在，沒有直接溝通的機會。灰原也成了隨處可見的一般企業老闆。

「我的行程是小黑告訴妳的吧？」

「是的。聽說您現在和小黑……石黑先生偶爾還會一起去吃飯。」

當初石黑是在學長灰原的慫恿下，一起創業。十八歲的石黑大學中輟，開始工作，所以結衣進公司時，他已經在這間公司待了三年。

「他是我這一生都得背負的十字架吧。為了了解他的情況，我們偶爾會碰面，所以我大概知道妳是為了什麼事來這裡。」

結衣沒問他為何要雇用福永，只是聳聳肩，說道：「社長想效法歷史人物，卻總是學不好，是吧？」

年紀輕輕就成為企業家的灰原一遇到煩心事，就想仿效歷史人物的作為，好比煩惱怎麼創業時，他效法的對象是德川家康；開創新事業時，則是坂本龍馬。只要看他擺在辦公桌上的歷史書，大概就知道社長正在煩惱什麼。

「您喝醉時常說，想成為百年後的大河連續劇主角。」

「妳還真是會記些討厭的事啊！」

「有個男的在以往那個視加班為理所當然的時代，一心想創立一間對員工十分友善的公司，甚至為此發想了一句口號。我真的好喜歡那時滿腔熱血的社長啊！」

「妳應該很清楚為了打造這樣的公司，我吃了多少苦吧，」灰原看向俱樂部門口，「鼓勵大家請完有薪假，還提供長達三年的育嬰假。當你們向人事部控訴工作慘況，公司甚至還為了你們引進用讀卡機記錄上下班時間的制度，嚴格管控加班時數。可以說，所有必要的制度都齊備了。」

「可是大家還是會加班……而且是偷偷加班，」結衣說，「光建立制度是不行的。」

「為什麼不行呢？」灰原看向結衣，「東山小姐有何意見？」

灰原倚著高爾夫球袋，露出面試官似的表情看著結衣。

結衣回顧這半年來，想了一下。

「……因為怕落單吧？」擠出這答案，「害怕自己跟不上瞬息萬變的時代潮流，害怕自己在公司沒有立足之地，卻又無法向別人傾訴這樣的心情，所以大家都很恐懼。」

無論是三谷、賤岳、還是吾妻，大家都害怕孤獨，深感不安。他們那被結衣握著的手變得好冷，還顫抖著。

「要是眼裡只有工作，當然會覺得孤獨。每天只是往返家裡和公司，人際關係越來越狹隘，也就愈來愈無法適應環境的變化，久而久之便失去自信。這樣還能做好工作嗎？當然不行。」

瞥見灰原的眼裡，瞬間閃現帶著怒氣的光芒。

「……反正機會難得，我們來打一局，如何？」

結衣頷首。八點離開這裡的話，應該能準時到公司。

這還是第一次站上發球區，抬頭是一片無垠天空，放眼望去是一片綠地，在這種氣氛下談事情應該會很順利。

「社長，可以和我打賭嗎？」結衣抽出父親的一根球桿，「輸家要答應贏家的願望，就以擊球距離來決定吧！」

灰原搖頭。

「不行，怎麼能用高爾夫來打賭，這麼做根本是污衊如此紳士的遊戲；而且勸妳還是別想著要越級投訴。」

結衣怔了一下，看來被識破了。

「妳想拉下福永，是吧？問題是，有權處理這事的是製作部總經理。身為社長的我要是看不順眼哪個員工，就叫他捲鋪蓋走人，只會讓公司變得一團亂。」

「我一直看著社長用盡各種手段壯大公司。可以的話，我希望福永能夠主動退出。」

「妳的意思是，排除掉誰，就能解決問題嗎？」

灰原抽出一根球桿。

「妳應該知道丸杉要辭職吧。其實不是他主動要辭，而是因為他趁我出差時，介入公司內部的審查作業，強行通過福永提出的報價單，所以我逼他必須負起責任，主動辭職。雖然這手段很強硬、很殘忍，但我還是硬著頭皮這麼做。但是，這麼做有救了你們團隊嗎？沒有，什麼都沒改變。」

「這是因為福永先生還在——」

「妳剛才也說過，」灰原用銳利的眼神看著結衣，「大家怕被孤立，所以選擇加班；既然如此，不管福永在不在都不會改變問題吧？老實說，我已經不曉得該怎麼處理了。」

「可是社長說過會支持我。」

——我在這公司，有想做的事。

那時才二十一歲的結衣在最後面試時，對灰原說出自己想進這間公司的動機。

——我想打造一間讓大家都能準時下班的公司。

「人才是至寶，」灰原將球釘刺進草地，「那時我一心想壯大公司，所以很迷德川家康，希望吸引各種人才。那時小黑因為操勞過度，健康出狀況，我想說如果公司有個像妳一樣的人，應該會是好事吧。所以就錄取妳；但過了十年，妳卻什麼也沒做啊！」

「我每天都會盡量準時下班。」

「只有妳自己吧。現在卻連這都做不到，才跑來高爾夫球場哭訴嗎？原本以為妳能發揮更大影響力，老實說，我對妳很失望。」

結衣看著父親的球桿，看來高爾夫球也發揮不了作用。

如果是灰原社長的話，應該會出手幫忙──結衣拋掉來這裡時懷抱的希望，掀掉包住球桿的罩子。

「社長，您先請。」

「不會吧？真的要賭？妳會打高爾夫嗎？」

「沒問題的。我把我爸的高爾夫球漫畫都看到爛了，像《明天會是好天氣》之類的。」

「那是很久以前的漫畫了，」灰原握緊球桿，「我還是要先聲明，其實是不能這樣賭的哦！所以千萬別說出去。」

灰原還是和以前一樣，總是在意別人的目光，這一點和福永很像。

但結衣卻又希望不是如此。社長曾嘗到痛苦，所以希望打造友善的職場環境；但說到底，他仍是高高在上的社長，八成只是整備制度後，就不管後續如何吧。

灰原揮桿。只見球偏離球場，飛得好遠。

「啊～界外了……。」

「那換我囉！」

我是為了什麼來這裡呢？結衣按照父親教的姿勢，握好球桿時，遠處傳來鳥囀。春天的腳步近了。交件日也迫在眉睫。

結衣高喊「叉、燒」舉桿，這是《明天也是好天氣》主角向太陽揮桿時喊的口號，再高呼一聲「麵！」將球擊出。

「哇！成功了，這是我爸教我的訣竅。」

驚呼「好球」的灰原說：「難不成妳爸是高爾夫高手？」

「他說自己是單差點。」

「單差點……天啊！我正傷腦筋要怎麼接待客戶。真是的！下禮拜要和妳爸那世代的人打球，我能好好接待他們嗎？」

灰原皺眉，撫著胸口。

結衣看到他這模樣，不禁怔住。剛進公司時，常常看到灰原這副忐忑不安的模樣。資深員工們看到他這樣子，總是邊發牢騷「真是拿你沒辦法啊」，邊集結眾人之力，腦力激盪，解決各種問題。

他這種習慣借力使力的人格特質跟福永還真像。不對，莫非他在暗示什麼？結衣盯著灰原的臉。

「……算了，今天先忘了要接待客戶的事吧。妳的願望呢？我就姑且聽聽吧。不過醜話先說前頭，我可不保證一定會實現喔！」

結衣思忖片刻，說道：「我只有一個願望。」

「只要這個週末就行了，讓我調派一個人到我們團隊幫忙。」

灰原打探似地瞅著結衣，「……一個人就行了嗎？」這麼問。

「是的。不過我先不講是誰，我自己會看著辦。」

看來社長是想讓我知道光整頓制度是不行的，自己要怎麼做才是最重要的事。我會靠自己的力量實現面試時說的事。

「再來就是設法改變站在第一線工作的人囉。」結衣說。

但是該怎麼做才好，一時之間還想不到什麼具體方法；不過，多虧來到這裡，終於明白真正的意義。

結衣邊收拾球桿，邊對灰原說：「我要打造準時下班的公司。」

那天晚上，結衣沒回家，第一次待在公司熬夜加班。

對於福永帶領的團隊來說，這個週末是緊要關頭，無奈直到傍晚還是沒辦法測試完，福永下令大家留下來熬夜加班，自己卻說「我得讓腦子休息」就下班了。

倒也沒人出聲阻止，因為到這階段，已經沒有他可以插手的餘地，其實福永不在還比較好，至少不必一直重寫程式、浪費時間。

「妳回去吧，」晃太郎對結衣說，「明天早上再搭首班車來就行了。」

「我帶了三天份換洗衣物，所以沒問題。」

雙方家長約好週一傍晚碰面。結衣早就做好心理準備，會在公司待到赴約的時間。

來棲坐在位子上，吃著玉子燒。明明叫他先回去，他卻說「我已經帶了晚餐要吃的便當了」。他八成一直想著要和小柊一起籌劃復仇計畫吧。老實說，今晚他留下來確實幫了不少忙。

結衣坐在來棲旁邊，說道：「看起來還是很美味呢！這次的案子結束後，教我怎麼做玉子燒吧。」

「沒必要勉強自己，」來棲一臉不耐地說，「諏訪先生真的這麼好嗎？」

「我們的價值觀相近，他和我都認為不必勉強自己工作。」

「我媽常說了解彼此的不同，才是決定結婚最重要的事。」

結衣一時語塞，霎時覺得有人用尖銳的槍刺穿她的胸口。

「對了。東山小姐想到什麼策略了嗎？」來棲問。

「嗯？啊～有沒有想到啊……怎麼說呢……。」

只是告訴自己有所覺悟罷了。雖然灰原答應借調一名人手，但還沒想到什麼能讓大家準時下班的方法。

「……還沒有。」

結衣吐實後，只見來栖露出失望眼神，注視著筷尖。

「命令部屬加班，自己卻回家，福永可真是越來越囂張啊！」

命令。這詞在腦中閃閃發光，不禁想起「無視上級指示，下令撤退」這則報導標題。結衣回頭環視組員們。

要是叫大家現在下班會怎麼樣呢？結衣的腦中浮現這念頭。逐漸明白之後必須要做的各種事；若是這方法的話，不但可以將福永驅離晃太郎身邊，搞不好能讓他主動退出這案子也說不定。

現在福永不在，只有自己能下命令。不對，還有一個。結衣看向副部長的位子，晃太郎正在敲鍵盤。結衣思索片刻後，發了封內容很長的郵件給小柊。晚上十一點剛過，便收到寫著「了解」的回覆。

「好！」結衣抬頭時，被來栖喚住，說是有客人來找她。

結衣來到大樓的門廳，瞧見紮著馬尾，穿著圍裙的王丹提著銀色外送箱。她一瞧見結衣，「這是賄賂！」便臭著一張臉這麼說。

「結衣小姐都不來，那些熟客也沒什麼興致喝酒。託妳的福，我們這個月虧損耶！虧損不好。給妳的，叉燒麵。」

「哇！我還沒吃晚餐耶！那就不客氣囉。」

王丹大踏步地走進休息室，從外送箱拿出一碗麵，撕掉怕湯汁濺出來，緊緊覆著的保鮮膜。

「我也想去啊！可是我們這邊也差一點虧損。」結衣說。

「日本不景氣，可憐啊！」

王丹打開保鮮盒，將叉燒放在麵上。

「泡沫經濟很恐怖哦！我的青梅竹馬就是因為不動產泡沫化而丟命。當年我們一起從大連到上海，進入同一家公司工作。」

「死了……為什麼？」

這還是第一次聽王丹聊起自己來日本之前的事。

「那時我們公司在上海蓋了很多大樓，想說趁機大撈一筆。中國因為實行一胎化，所以一個人必須養很多家人。妳知道『五加二』這個新創中國話的意思嗎？就是平日、週末都要工作。『白加黑』就是晝夜不休息的意思。沒人阻止得了他……我也沒辦法。」

王丹「啪嘰」一聲掰開衛生筷，擱在桌上。結衣沒問兩人是什麼關係。

「越深愛一個人，越沒想到那個人會死。」

王丹睜著溼潤眼瞳看向結衣，隨即將保鮮盒收進外送箱。

「妳有帶錢包嗎？很好。連同回去的計程車費，一共三千日圓。」

「啊？這麼近還坐計程車來？而且妳不是說賄賂嗎？」

「再來光顧哦！」王丹一把搶走鈔票，轉身離開，「一定要哦！」

叉燒麵湯汁浮著光亮的油，被火燒傷似的好熱、好美味的樣子，霎時力氣泉湧。果然人不能不吃東西。

結衣攤靠在椅子上。拉下福永，然後呢？光是拉下他，還是無法解決問題。灰原這麼說。要是福永退出團隊，晃太郎就能擺脫這場有勇無謀的戰役嗎？還有其他人呢？結衣決定再次面對這些迎面而來的問題。

到底該怎麼做，才能讓大家準時下班呢？

結衣凝視著空麵碗，思索王丹說的那番話。於是她掏出手機，打給父親，首先報告越級控訴的作戰計畫不是很順利，然後抱著姑且一試的想法，「看來只能抱著必死的決心，放手一搏了。」這麼說。

「上班族就是這樣啊！」父親的話裡夾雜著嘆息。不過聽到女兒終於理解自己當年上班族的心情，聽起來又帶著幾分喜悅。

「爸說過死在工作崗位是你的心願，對吧？」

「是啊！不過像妳這種一定要準時下班的傢伙死不了啦！」

果然是這麼想的啊！結衣掛斷電話，知道自己該怎麼做了。

結衣想了一下，按下管理部的電話號碼，向他們借調某個人週末來幫忙。結衣覺得要是當場說出這個人的名字，灰原肯定不會答應吧。

隔天早上，週末的辦公室異常安靜，即使已經到了年度末，其他組的人也沒來加班，一切都拜社長引進用讀卡機控管出勤時間之賜。

除了結衣以外，福永帶領的團隊也沒人來加班。

早上六點過後，福永來了。他看了一眼空蕩蕩的辦公室，問了句：「其他人呢？」

「走了。」結衣一邊揉著惺忪睡眼，一邊處理手邊的資料。

「啊？……去哪裡？」

「應該是回家吧。」結衣走向影印機。

「妳在胡說什麼啊？」福永似乎察覺情況不太對勁，「情況都這麼急迫了，居然還有心情回家……種田呢？」

「他弟弟好像出了點問題……所以他回老家了。」

小柊那邊還順利嗎？他的計畫是凌晨四點將兩老吵醒，說自己有話要對晃哥說，要他們打電話給晃太郎，引發一陣騷動。

「所有人都不在，怎麼可能有這種事？」

當然並非巧合。結衣確認晃太郎已經被爸媽緊急叫回家後，向大家說：「請大家回家稍微睡一下也好。」

雖然眾人都一臉莫名其妙，卻也相信承諾會善後的結衣，所以紛紛下班回家。

結衣帶著輕鬆心情，要走去洗手間。

「明明之前還說要和我一起死……。」

福永的額頭頻冒汗珠，也許是想起之前公司的人紛紛辭職的事吧，只見他痛苦地嘀咕著「每一個都是這樣」。

「……不，種田他……他會回來，他一定會把大家叫回來。」

「可是就連種田先生也背叛過福永先生啊！」

只見福永雙眼圓瞠，露出「我還能相信誰」的徬徨眼神。

「怎麼辦……還剩兩天就要交件……明明一分一秒都不能浪費……。」

「放心，還有我在啊！」

結衣將列印出來的工作進度表遞給福永。

「我做了一份新的，只要照這程序就能順利交件。一起加油吧！我們一起克服這道難關吧！」

「這是什麼啊？」福永瞅了一眼工作進度表，喃喃道，「四十八小時之內做完？」

「只要有拚死的覺悟，一定沒問題。」

「作業量也未免太多了吧。連一分鐘也無法休息，怎麼可能啊！身體會操壞耶！」

「精神可以超越肉體啊！」

「精神也會崩潰啊！」

「沒問題的，會出現奇蹟的。」

「要是這麼搞，真的會死哦！」

「我知道，」結衣直盯著福永，「我有覺悟。」

結衣前進一步，緊握拿著工作表的福永的手。

「東山結衣願隨福永清次司令官一同赴死。」

就在兩人握手時，響起紙張掉落的聲音。

啊！結衣回神。不對，他不是司令官，他是部長。

愣愣看著自己的手的福永猛然回神，冷不防大吼：「是妳唆使大家這麼做的，對不對?!」

甩開結衣的手。

「妳假裝認同我，是要鬆懈我的防備心，對吧？妳自己背叛不說，還慫恿其他人也這麼做，妳果然是老鼠屎……從我第一次看到妳就覺得妳是我的天敵！」

結衣心想，這還是兩人第一次看法一致。

「不只我，所有認真工作的人都討厭妳！就是因為有妳這種人，日本經濟才會變得這麼糟！沒錯！就是因為這樣，妳才會和種田分手。BASIC的諏訪先生總有一天也會認清妳的真面目，你們一定不會有好結果，就和種田那時一樣，妳注定孤單一輩子！」

再次被拋棄、無法成為別人選項的我注定孤單一輩子。

福永這番因為痛苦而迸發的指責，撕裂結衣的心。這男的還真會攻擊別人的弱點，一個人因為痛苦而發狂就會變成這樣吧。

「種田發誓效忠於我，所以他一定會回來，」福永安慰自己，「是我收留因為肩傷，放棄當職棒選手的他；也是我教會除了棒球之外，什麼也不懂的他成為一流人才，那傢伙活脫脫就是為公司而活；沒有我，他根本活不下去，對我唯命是從，簡直跟家畜沒兩樣。」

家畜？居然這麼說晃太郎……看來福永再也無法隱忍滿腔怒氣。不行，我一定要忍住，現在開始才是關鍵。就在結衣下定決心開口時，傳來低沉嗓音。

「你說誰是家畜？」

從身後傳來的腳步聲越來越近。一個接受過嚴格的球隊訓練，每天繞著操場跑到人都快昏過去，擁有強韌肉體的男人站在福永面前。

「沒有我就活不下去的人，應該是你吧。」

福永一臉驚怔，似乎察覺原本對自己萬分忠誠，自尊心卻異常高的部屬突然成了敵人。

「種田，你果然回來了。」他隨即切換成笑臉，這麼說。

「我都聽見了。福永先生，你果然還是老樣子啊！」晃太郎這麼說後，斜睨結衣，「妳也是，居然唆使小柊搬出那麼爛的演技。」

失算。

明明叮囑小柊一定要想辦法絆住晃太郎到七點，看來早早就被他識破了吧。所以他才會提早回來。真是的！只差一點點就能將福永逼至窘境。

「你太自以為是了。」

晃太郎的視線從焦慮的結衣，回到福永身上。

「你覺得你那因為一起創業的夥伴臨陣脫逃，瞬間跌入谷底的公司為什麼還能撐十年？當時還是菜鳥的我在沒人可以帶著我熟悉工作的情況下，只好利用拜訪客戶時，偷看別家公司提的報價單，還厚著臉皮向外包單位請教各種事情，拚命學習，一切的一切都是靠我自己走過來的，只為了報答你願意收留我的恩情，無法拋棄你這個無能上司。」

「無能？」福永的目光落在被捏得皺巴巴的工作進度表，過了一會兒才緩緩抬眼。看來他的攻擊對象換人了。結衣想。

只見福永瞪著晃太郎，說道：「你是想說，都是我害你的婚事告吹嗎？哼，原來是這樣啊！不過你們之間從一開始就沒有愛字可言，不是嗎？其實你很想甩掉她，因為你愛的是工作，而她會妨礙你工作……我說的沒錯吧？東山小姐？」

福永想拉攏結衣。不行，絕對不能被他牽著鼻子走。

但是——結衣從福永的話裡察覺到一件真相，內心十分動搖。只能拚命告訴自己絕對不能顯露在臉上，絕對不能讓對方逮住弱點。

「我要是沒了工作，還剩下什麼？」晃太郎瞅了一眼沉默不語的結衣後，這麼說。

「什麼也沒有。她不可能喜歡……我這樣的傢伙，但是我越勤奮工作，越讓她覺得痛苦。我沒辦法在工作和她之間做出選擇，因為我沒這麼聰明，所以我不是拋棄，而是選擇放棄。」晃太郎再次看向結衣。

「可是我很後悔……這兩年來，我一直很後悔。」

為何事到如今才這麼說？結衣感受到自己的心在動搖。要是被福永識破，怎麼辦？果然逃不過福永的眼睛。

「你說謊！」福永苦笑地看著結衣，「你才不是為了東山小姐，根本是為了你自己！

這傢伙就是這樣的男人！」

果然這位曾當過老闆的傢伙很會洞察人心。

小柊會說晃太郎之所以埋首工作，是為了「模糊化自己與別人之間的格格不入感」，但小柊的評價太正面了。其實不只如此，他的晃哥並不是那麼溫柔的人。

「東山小姐也察覺到了吧？」福永一臉嚴肅地說，「克服重重難關，完成工作時嘗到的無比快感，彷彿經歷一場賭命的危險遊戲。說穿了，種田就是無法逃離這種誘惑。」

晃太郎不知從何時開始變成這樣，至少我們交往時，他已經變成這樣。

「遇到案子卡關時，他不是真心想解決，而是想等火燒得越旺，才會更有快感。他看似對我鞠躬盡瘁，其實是利用我來火上加油罷了。對這傢伙來說，無論是上司、同事、部屬、家人，還是情人，不過都是可有可無的存在。他是重度工作狂，根本是壓力成癮症，已經沒救了。」

沒錯。那個連蟲子都不忍殺害的少年不知不覺成了這種人。

「東山小姐！如果妳是為了種田，才要惡整我，勸妳還是死心吧。這種人根本聽不進去別人說的任何話！」

或許吧。

父親也是如此。每天早上邊打領帶，邊哼著〈你能奮戰二十四小時嗎？〉這首廣告歌。

面對抱著他的腳，央求他今天早點回家的女兒，往往只是嘴角浮現一抹笑，回一句「沒辦法啦」。那是腦內啡分泌旺盛之人的眼神，結衣一直和這種人奮戰著，賭上人生。

雖然從沒贏過，但這一次真的不想放棄。

一直默默聽著福永反擊的晃太郎突然哈哈大笑。

「口才不錯嘛！要是面對客戶也能這麼強勢就好了。」

結衣看著臉上沒了乖乖牌表情的晃太郎，不禁倒抽一口氣。

「原來你表面上親密地喊種田、種田，心裡卻是這麼想啊！」

看來晃太郎對於福永的忠誠與罪惡感已經蕩然無存。

「也是啦！也許就像福永先生說的，我就是這種人。但我還是打從心底希望結衣能阻止我變成這種人，所以才拜託她當組長。」

「你說謊，」福永指著晃太郎，對結衣說，「這傢伙說謊！」

結衣沒回應。她不想和福永站在同一邊，因為晃太郎會變成這樣，他也難辭其咎。

「我不相信什麼能準時下班的公司。」晃太郎直盯著福永，這麼說。

「但是我來到這間公司後，知道變通一下方法也能獲利。其實我一開始實在無法接受；既然如此，之前那些同事們的犧牲算什麼？失去結衣的我到底在幹什麼？……但自從我和結衣共事後，逐漸明白工作這件事就算不賭命去做也能完成。而且這樣的挑戰反而更刺激、更困難，更像充滿挑戰的遊戲。這是我在你的公司時，從來不曾想過的事。」

「你又要放我一個人？」福永的聲音顫抖，「又要丟下我嗎？」

這時，福永的手機響起。

太好了，再也沒有比現在更好的時機了。結衣不再緊張。

而且訊息聲不只一個，響個不停。只見畏怯窺看手機畫面的福永瞬間怔住，手機掉落地上。晃太郎拾起。

「這是怎麼回事？」

晃太郎一臉詫異地念出不斷收到的訊息主旨：「不可原諒、沒資格經營公司、給我負起責任、我要求償、無能上司……是之前那些同事傳來的。」隨即露出疑惑的眼神，看向結衣。

要想徹底阻止福永的誇張行徑，就是這方法。結衣請小柊助一臂之力。

同時她也請小柊代為轉達兩句話給之前待過福永公司的那些人。

——無盡的痛苦已經結束，今後請珍重自己。

「我不是無能上司……，」福永呻吟，他不再看向晃太郎，而是乞憐似地看著結衣，要說就趁現在。

「東山小姐，我不是個無能的人，對不對？」

「呼……。」結衣嘆氣。

「種田先生還真是個沒有愛的男人啊！」

啊？晃太郎滿臉問號。

「不能聽信如此殘忍的男人說的話，福永先生。」

「喂，妳……。」

「福永先生不是無能，」結衣無視晃太郎，這麼說，「只是想逃避討厭的事，只是個和大家一樣普通、平凡的人。」結衣的口氣十分溫柔。

不能一味追逼他，不然這男人又會重蹈覆轍。

「但是不管身為經營者還是部長都得擔負重責，所以你真的很痛苦，是吧？我都看在眼裡。福永先生很努力，做得很好……大家對你太殘忍了！」

結衣一把搶走晃太郎手上的手機。手機掉在地上之前，她瞥見畫面上出現「膽小鬼」這個詞。

「被別人這麼批評，福永先生一定很受傷。」

「我真的很努力！」福永眼泛淚光。

「我知道。」

結衣頷首。這個人用自己的方式努力著，只是一直都很不順利，一直遭背叛，所以他比誰都孤獨；不知不覺間，就只能一味維護自己的權益。

我也是一樣。結衣進入這間公司十年來，也是只想著自己準時下班就好。

不過，這件事也到今天告一段落。

「福永先生一直過得有點緊繃吧，」結衣窺看福永的眼神，「要不要趁這機會……休個假啊？」

「休假……？」

結衣發現福永眼神猶疑。

「乾脆休個長假吧！就說被這件叫人頭痛的案子搞得身心俱疲，這麼說的話，任誰都不會責怪福永先生。」

「身心……俱疲……？」晃太郎一臉錯愕地說，「福永先生？」

「如何？休息個一、兩年，去風景優美的地方盡情享受溫泉。」

「可是……，」福永窺看晃太郎的臉色，「我要是休息這麼久，回來就沒容身之處了，不是嗎？」

不能在這裡止步。

「我會等你，」結衣抓起福永的手，溫柔握著他那顫抖的手，「我絕對不會背叛福永先生。」

晃太郎臉上浮現一抹冷笑，八成想說「騙人」吧。

「我們再一起工作吧！」

不是謊言，是真心。我不會再讓這個人感到孤單，也不會再增加他的痛苦，不會再做這種事了。

「為了那一天的到來，我會努力的。我會當上副部長，幫助福永先生發揮身為工程師的實力。不，我會當上部長，等你回來。」

我要打造大家都能準時下班的公司，為了實現這目標，要我出人頭地之類的什麼都行。

結衣和灰原在高爾夫球場道別時，下定決心這麼做。

除非自己往上爬，否則無法改變這間公司。

「謝謝，」福永頷首，「既然妳都這麼說了。我今天就回去休息……請個長假好了。」

「了解，後續就交給我吧。」

「是我誤會妳了，」福永深深嘆氣，「東山小姐不是敵人。」

步出辦公室的福永背影看起來是那麼放鬆。

「唉……，」晃太郎嘆氣，拾起工作進度表，「要開始工作了嗎？」

「什麼？」

「福永先生回去了。只有我們能搞定剩下的事，不是嗎？」

「我才不想把自己搞得那麼累。」

「可是妳剛才不是說交給妳處理……。」

結衣不理睬在一旁碎念的晃太郎，瞅了一眼手錶，祈禱大家別睡死了。事實證明她杞人憂天，因為七點一到就響起打卡聲，三谷喊了一聲「早啊」走進辦公室，賤岳稍後也到了，其他人也是。

結衣鬆了口氣，開心地對大家說：「還要大家假日來加班，真的很抱歉。有稍微睡一下嗎？」

「有啊，託妳的福。」吾妻一臉還沒睡醒似地將包包擱在桌上。

結衣向大家說明福永已經退出這件案子。

「好厲害喔！還真是大逆轉啊！」來栖環視辦公室，「對了，管理部派來的人手呢？在哪裡啊？」

「原來如此，」晃太郎說，「妳就是用這說詞騙大家回去休息嗎？」

「幹麼說我騙大家啊！我才沒有。」

「可是石黑先生不是說了嗎？沒有多餘人手。」

「就在管理部啊！」

就在結衣列印出另一張工作進度表時，有個身形圓滾的男人走進來。
「早啊！要我做些什麼？」
「妳說的人手該不會是……？」
結衣點頭，拍了一下手。
「大家聽我說！社長體諒我們情況緊急，特地調派管理部的石黑先生來支援我們！」
石黑有點害羞，因為他最喜歡的晃太郎也在場。當結衣打電話告訴石黑，因為和社長打賭高爾夫球贏了，所以要派他來支援時，石黑還怒吼「幹麼找我」。
「為什麼社長他……？」晃太郎疑惑地蹙眉，隨即露出恍然大悟的表情，「我明白了，因為由石黑先生代理部長一職能振奮軍心。」
「不是，」結衣搖頭，「石黑先生要和我們一起處理各種事情。」
「可是石黑先生的職稱是總經理，比福永先生的官位還大耶。」
「石黑先生在當年公司公然違反勞基法時，可是不眠不休搞定堆得如山高的工作，所以站在第一線處理大小事可是他的看家本領。其實直到他去管理部之前，這間公司每小時工作效率最高的人就是他，石黑良久。」
「不會吧?!」
結衣看著不敢置信的晃太郎，說道：「好了，我們努力讓案子能順利交件吧。要是有人覺得撐不下去的話，隨時告訴我。」

「小結，妳要說那個啊！」石黑拉了一下結衣的袖子。

「哪個？」這麼反問的結衣隨即明白石黑的意思。

這是結衣進公司前一年的事。工作中倒下的石黑被醫師告知一輩子都要注射胰島素。灰原得知這件事後，隔天沒進公司，聽說好像是去海邊撿貝殼、還是住在寺廟，總之眾說紛紜。幾天後，總算來上班的灰原對大家說「他不會再讓任何人因為工作搞垮身體」。

後來，灰原為了防止有人接些不合理的案子而設立了管理部，還著手企劃新人研習一事，告訴大家別讓自己成為只為公司而活的人，應該享受人生，擴展人脈，拓展自己的視野；唯有這樣一步一腳印的累積，才能做好工作。

這是關於創社元老的情誼佳話，但後來進來的員工都不曉得社長曾說過這番話。

「開始工作之前，我希望這句話能烙印在大家心中。」結衣環視眾人，說道。

「你不是為了公司而存在，應該是公司為了你而存在。」

「這是社長的名言，對吧？」來栖點頭。看他的眼神就知道已經重拾對於結衣的信賴。

結衣微笑，環視眾人。

「也就是說，只要覺得公司沒為自己著想，這樣的公司隨時都可以辭去，大家千萬不要有什麼為公司鞠躬盡瘁，死而後已的愚蠢想法。」

「還有，」結衣先喘一口氣，必須說出最重要的事才行，「順利交件後，我們去開慶功宴，喝個痛快吧。我知道有家店不錯，大家一起盡情抱怨公司吧！」

不會再讓任何人因為工作而累倒，也不會再讓誰感到孤立無援；無論是多麼微不足道的煩惱與不安都要說出來，不要藏在心裡。這是灰原無法做到的事，只有身在第一線的我才能辦到。

「東山小姐是為了我，才這麼拚命吧？」三谷泫然欲泣地說。

「慶功宴的費用當然就由必須負起所有責任的副部長支付囉！」結衣笑著說。

「妳說的是上海飯店吧？」晃太郎無奈地笑著，「沒問題，反正也不是很貴。」

「沒錯！就是那裡。太棒了！我要點隱藏版菜單。」

「隱藏版菜單？」賤岳說。

「那家店的主廚可是擁有煮湯給鄧小平喝過的好手藝呢！之前王丹推薦的魚翅也好好

吃喔！記得還有燕窩吧。」

「那我要點熊掌！」來栖馬上附和。

「好啦！好啦！想吃什麼都可以點啦！」晃太郎笑著說。他並不討厭被敲竹槓，況且

沒時間花錢的他應該有不少存款。

「感覺好像大團圓喔！」吾妻也插嘴。

「是啊！不過真正的試煉才要開始。」

「放心。福永先生退出了，測試也不會再改來改去了。」

結衣分發新的工作進度表。她考量每個人的情況，反覆斟酌、分配適當的工作量——除了某個人。

結衣將最後一張工作進度表遞給晃太郎。

「我考量種田先生的能力，所以多分配些工作給你。」

「我還嫌少哩，」晃太郎笑道，「我可以連東山小姐的工作也一併吃下來哦！」

「你之所以覺得少，是因為我確保你有時間吃飯、休息和補眠。」

「妳連這些事都考慮到？」晃太郎有點不以為然地說，「我實在不懂妳說的試煉到底是什麼。」

「大家可不像種田先生有著異於常人的體質，至少像我就必須好好休息、補眠。」

「妳可別扯大家的後腿喔！」過於自信的副部長叮囑，「這次可要拚了命做哦！」

真令人懷念啊。我們交往時，他也是這樣。不管是結衣做菜很難吃，還是結衣去晃太郎老家拜訪，竟然醉倒在他家過夜等等，晃太郎總是溫柔地說「真是拿妳沒辦法啊」，絲毫沒有苛責之意。

但只要交件日迫近，晃太郎就像變了個人似的，所以一定要阻止他暴衝。

總之，最重要的就是避免增加他的工作量。腦子一旦疲累，就要補眠十五分鐘，以避免出錯；不要老是吃便利商店的便當裹腹，好好地坐在店裡用餐，不時轉換一下心情；時常與別人溝通交流，不要一個人苦思煩惱。結衣嚴格命令晃太郎務必遵守這些事。

午休時間一到，三谷走過來對結衣說：「現在方便講話嗎？」

「沒問題。」剛處理完賤岳那邊問題的結衣停下手邊的工作，看著三谷。

「我約種田先生一起去吃午餐，他卻冷冷回我一句『請自便』。」

「那又怎樣？」

「總覺得他好像在說『像妳這種人還敢休息啊』，聽了壓力好大喔。」

「妳想太多了吧？他應該不是這意思。」

「可是，」三谷看向副部長的位子，「那麼有能力的人都沒休息，我卻休息，不是很怪嗎？」

吾妻正在向晃太郎報告上午的工作進度，只見被上司叨念「太慢了吧」的他怔了一下。

三谷看到這一幕，整個人更加緊繃。

「我看我還是別去吃午餐了……，我也……我也得更努力才行……。」

結衣嘆了一口氣，站起來。

「大家快去吃午餐吧！」

只見來栖拿出便當，賤岳和吾妻也帶著錢包，三谷也勉強跟著大家步出辦公室。石黑問結衣：「小結，要不要去那一家烏龍麵店？」

「我還不餓。」結衣婉拒，又坐下來。

大夥不在的辦公室一靜下來，只聽得到不間斷的打字聲，這是帶來緊張感的節奏，聲音的主人彷彿在說「我沒時間休息」。

「要是再休息的話，就無法一股作氣完成，也無法準時交件。」晃太郎說。

「部屬的命更重要。」結衣回頭說。

「準時交件才重要，」晃太郎頗為愉快似地笑著，「妳不覺得要想待在這間公司，若是沒什麼能耐，起碼也該賭命努力吧。」

果然，他又暴衝了。

——其實晃太郎打從心底希望結衣阻止他。

他總是這樣，就連剛才我說的事都忘了。不管是溫柔、愛、還是疲憊不已的心，只要他一開始工作，全被拋諸腦後。

還沒大團圓，真正的敵人不是福永。

而是工作狂。兩年前，就算賭上自己的人生也改變不了的男人就在結衣面前。

那天傍晚五點，結衣早早就聽到自己的身體在悲鳴。自從昨天早上去了一趟高爾夫球俱樂部後，就沒睡覺，所以腦子昏昏沉沉。吃了王丹送來的那碗叉燒麵之後，就沒再吃任何東西。

團隊的進度越來越順利。

石黑果然有一套，總是能快狠準地抓出為何虧損的原因，迅速解決。他向結衣央求追加一包糖，卻遭到拒絕。

晃太郎也是一分一秒未曾停歇。他渾身散發出來的緊迫感隨著夜幕低垂，侵蝕整間辦公室。晚上八點一到，結衣催促每個人去吃晚餐，儘管被晃太郎投以責備的眼神，但她總是對著組員們的背影高喊「別在意他」，目送他們離開辦公室。

大家輪流補眠，今晚還真是感謝吾妻的睡袋。午夜十二點一過，賤岳邊低語著「孩子們不曉得睡了沒」，邊鑽進睡袋。

晃太郎則是換上跑鞋，說自己十五分鐘後回來。

「他那是幹麼？」石黑問。

結衣回道：「去跑步吧。」

「啊？那傢伙不累嗎？」

「和小黑愛吃砂糖的道理是一樣啊！刺激腎上腺素分泌，提振精神。」

無論是彼此的隔閡、還是摩擦，一切的一切都在好轉。

「討厭啦！」石黑抱住自己的身體，「好像看到以前的社長，叫人好心疼喔！」

「我也出去一下。」

「對耶，妳還沒吃晚餐。回來後要記得補眠哦！」

雖然晚餐不太可能在十五分鐘之內解決，但副部長和組長都不在的話，辦公室氣氛應該比較輕鬆；況且我也想獨處一下，讓心休息。

結衣回來後並沒有補眠，而是潛入另一間小房間，打開藏在裡頭的電腦，做著沒有寫在工作進度表上的最後一件工作。

週一交件時，必須一起提交的厚厚工作報告書，卻連一個字都還沒寫。結衣將工作進度表遞給晃太郎時，還深怕他察覺。

幸好晃太郎沒發現。因為怕他發現，結衣才拿用餐、補眠等事情轉移他的注意力；否則他要是知道了，肯定會搶去做，這下子就算說破嘴勸他休息也沒用。

結衣決定獨自花兩個禮拜的時間完成工作報告書，而這個週末必須完成一定分量，所以不睡、不吃、不喝，所有不准組員做的事，她都做了。

石黑曾說唯有站上高位，才能看到另一邊的風景。我的目標就是前往晃太郎常去的地方，那是工作狂才到得了的地方，這是最後一場戰役。

當然不是真的打算去，但要是不做到以假亂真的地步，根本騙不過晃太郎。

手機震動，是阿巧打來的電話。結衣嘆了一口氣後，來到走廊。

「我一直到禮拜一都沒辦法回去，所以帶了換洗衣物，直接住在旅館。」

「三天都要住在旅館嗎？」阿巧很擔心的樣子，「……啊，對了。三橋小姐迫不及待想參加我們的家庭聚會，希望也能邀請種田。」

「是喔……我知道了。我會轉告他。」

如果這場戰役能成功地讓晃太郎不再是個工作狂，希望他能交個女友，過得很幸福。結衣邊這麼想，邊按著肋骨下方，因為空腹的關係，有點想吐。

「雙方家長碰面那天，妳真的能來吧？」阿巧變得有點囉唆。

「當然會去啊！先這樣吧。我得回去工作了。」

「對結衣來說，工作和婚事哪一個比較重要？」

感覺頭有點暈。阿巧是在問我嗎？還是自言自語？結衣還沒回答，電話便掛斷了。但現在的結衣無暇深思。

結衣以超快速度敲著鍵盤，發現超過十五分鐘後，趕緊回到自己的位子，做著工作進度表上記載的工作。大家趁著上洗手間、吃早餐、吃午餐的時間休息，結衣每次目送大家出去後，就偷偷溜進小房間專注地繼續工作。有時一抬眼，才赫然發現已經工作超過三小時。不知不覺間，已經來到週日傍晚。

「太棒了！終於快完成了。」吾妻大叫。

「看來應該趕得上末班車吧。」三谷祈禱似地說。

晚上十點，結衣仔細確認測試結果，也請晃太郎再確認一遍。

辦公室霎時變得好安靜，只聽得到人事部特別通融的空調聲在室內迴響。

晃太郎抬起頭，點頭說了句「沒問題」。

「大家……辛苦了！」

結衣振臂高呼，瞬間響起如雷歡聲。終於完成了。

「今晚大家好好休息吧。不過，大家明天還是要來上班，因為早上要交件給客戶。週二、週三可以換休，至於慶功宴嘛，就訂在週四晚上！」

霎時響起掌聲。覺得不太舒服的結衣努力撐著，目送大家彼此互道「辛苦了」，陸續離開時，石黑走過來，嚷著「好累喔」。

「果然上了年紀就沒辦法熬夜囉。我老婆很氣我沒陪她去看電影，對我猛發牢騷，看來我快被掃地出門了。」

就某方面來說，石黑算是從灰原那邊要來的人質，這讓結衣對他心懷歉意。

「其實這次的事情，小黑也有責任，」結衣說，「拿去吧。這是今天的份。」

結衣將一小包糖遞給石黑。

「知道啦！小結也早點回去吧。」石黑這麼說之後，便走了。

「辛苦了，」晃太郎來到結衣身旁，「妳連吾妻和來栖的部分都擔下來，還真是毅力驚人啊。我會做最後的確認一直到早上，妳也回去吧。」

「我還不能走，工作報告書才寫了一半。」

「啊？不對，工作進度表上不是標註『完成』……妳故意隱瞞？就算是我，也要花上三天才能寫完一半啊！明天早上要完成是吧？這樣吧，分一半我來寫。」

晃太郎是那種再怎麼樣，也會在公司待到最後一刻的人。結衣點點頭，說道：「這樣好了。你那邊弄完後，就來幫我吧。我這邊要是早點弄完，也可以協助你。」

「不會吧？妳覺得贏得了我？」晃太郎的眼裡再次燃起不服輸的火焰。

「我看哭的人是你吧。」

「我才不會哭。」晃太郎笑著說，回到自己的位子。

頭真的好暈。但是一坐在電腦前，便進入狀況，火力全開。等到再次抬眼，已經早上七點了。

窗外天色已亮。晃太郎身後是一棟棟在朝陽反射下閃閃發光的大樓，只見他又穿上跑鞋。已經完成最後確認了嗎？他實在太可怕了。

結衣想起小柊說過的話，和這個人在一起很痛苦。

「如何？」晃太郎看向結衣，「需要幫忙嗎？」

「不用，只剩一點點了。」

「是喔，快完成了嗎？很厲害嘛！是為了弄這個才保留體力嗎？」

晃太郎一臉感佩地說。他相信結衣有好好休息，調適身體狀況。

這男人一旦眼裡燃起不服輸的火焰，就什麼也看不見。

果然和父親很像。結衣不想勉強自己，也深信自己不會因為工作而倒下。

「果然就像晃太郎說的，只要抱著必死的決心去做，任何案子都能順利解決。」

好久沒有直接叫他的名字。只見被結衣稱讚的晃太郎有點難為情地說：「能和結衣一起工作，真是太好了。」

「今後也請多指教囉。雖然迫於無奈，但我們會一直共事。」結衣半開玩笑地說。

晃太郎輕輕頷首，說了句「十五分鐘後回來」便走了。他應該是去跑步吧。

必須趕快完成作戰計畫才行。

趁晃太郎回來之前，躺在地上，閉上眼睛，一動也不動。

這麼假裝著。晃太郎看到結衣倒在地上，一定會嚇到。其他人不久後也會陸續來上班，應該會驚訝得議論紛紛……對了，好像沒人看到東山小姐吃飯、睡覺。事實上的確如此，因為結衣以假亂真得很徹底。

於是，這場戰役落幕。

兩年前，雙方家長碰面當天，晃太郎累倒在住處沙發上。不管結衣怎麼試圖搖醒他，他都沒反應。明明一起睡覺時，只是稍微碰到腳就會被驚醒的晃太郎，竟然對結衣的高聲大喊沒有半點回應，這讓無法阻止深愛之人陷入危險境地的結衣嚇得不停顫抖。

我想讓晃太郎也嘗嘗那時的恐懼滋味，希望能藉此改變他。

當年那個只是不小心踩到蟲子就傷心哭泣的少年，現在心裡應該還有愛才是，或許不是對於情人的愛，但結衣想賭一賭這個可能性。

聽到他要叫救護車時，再睜開眼睛就行了。就像兩年前的晃太郎那樣。是該停手了。反正體力也到了極限，還是早點躺下來比較好。

可是，就是停不了。

一回神，才發現從腦子深處噴出像霧一樣的東西。因為不停打字的關係，緊繃的手指起了一陣伴隨疼痛的快感，身體深處開始麻痺，一種難以置信的舒暢感，這就是所謂的腦內啡。腳趾發麻，不夠，想再更麻一點，越是逼迫自己，越是傷害自己，霧就噴射得越多。

拚到極限吧！腦子深處不知是誰在下令。不要恐懼死亡！飢餓、疲累、疼痛、一切的一切全都消失，再也沒什麼好怕。

父母給予的生命很重要？那是什麼玩意兒？有人這麼說。妳爸選擇了工作，而不是妳，因為他一點都不認同妳。其實不只妳爸，大家都是這樣，沒有人在乎妳，因為工作更重要。他們可以從工作中得到愛，公司就是妳家，妳的歸屬，妳的容身之所只剩公司這處地方了。

不要逃避，忍耐啊！加油！不管面對多麼無謂、不合理的事，都要奮戰。我好寂寞。

心中的吶喊不知被誰封殺了。妳一點也不寂寞。去吧！前進吧！

「結衣！」有人呼喊我的名字，用力搖醒我。令人懷念的手溫傳至背部，無奈馬上被阻斷。結衣在逐漸遠去的意識中，這麼想。

這下子，總算能得到爸爸的誇獎。結衣，死得好。

醒來時，發現自己站在一處昏暗的地方。

腳底響起清脆聲響。是砂礫嗎？不，是骨頭。沒有任何可以踩踏的地方，因為觸目所及盡是白骨。

這裡是那裡嗎？想起爺爺留下來的剪報內容。

參與英帕爾戰役的日本兵因為體力不支而一個個倒下的撤退之路，被稱為「白骨街道」。時至今日，他們的遺骸和遺物都還留在那裡，有好多人無法歸鄉。

可是，這裡不是昔日戰場。

眼前是一片熟悉景色，高樓大廈覆住天際，上班族熙來攘往。他們身穿西裝，繫著領帶，踩著先倒下來之人的遺骸前進。

一切都是為了公司、為了公司、為了公司……。

有人站在我面前。我認得他，他是上海飯店的常客大叔，總是坐在靠牆位子吃回鍋肉，吃完便回公司，結果不幸過勞死。……他也在這樣的地方嗎？

「來這裡就不會寂寞哦！結衣。」

大叔笑著，向結衣伸出手。襯衫袖口皺巴巴，一副好幾天沒回家的樣子。

「只要服從命令就行了。只要這樣，就有容身之處。」

這就是石黑說的另一邊嗎？

結衣緩緩環視四周。

賭命來到這裡……卻是這麼無趣的地方。一點也不狂熱，只有一股詭異感積存在胃裡。

冷不防被從後面衝過來的上班族撞了一下肩膀，對方竟然連一句「對不起」都沒說。

只見他睜著滿布血絲的雙眼，喊著快遲到了，拚命往前衝。臭著一張臉的我試著問大叔：

「這裡沒有啤酒，是吧？」

「哪有閒情逸致喝啤酒啊！結衣。」只見大叔的皮膚剝落，西裝爛掉，整個人逐漸化成白骨。

「忙都快忙死了。」大叔說。

難不成大叔是為了來到這裡才死的嗎？

大叔在上海飯店的歲末聚會上拿筷子當麥克風，滿頭大汗地熱唱，忘情高歌；還從記事本拿出還在念小學的兒子照片給結衣看；不然就是笑著說，新年全家要去洗溫泉，偶爾也要給家人一點福利才行。

「我好想再和大叔來一首〈木棉手帕〉二重唱喔！」

結衣這番話讓大叔形狀的白骨瞬間粉碎。不只眼前這副白骨在哭泣，還從四面八方傳來啜泣聲。爺爺也在這裡嗎？爸爸總有一天也會來到這裡嗎？笨蛋！大家都是大笨蛋！明明那麼想回家。

「我絕對不會讓我珍惜的人們來到這種地方！」

結衣向粉碎的骸骨們，喊道。

「可是妳已經來了。」白骨回道。

是啊，我竟然拿自己的命賭上這場有勇無謀的戰役。

「妳已經回不去了。待在這裡和我們一起工作吧！」白骨又說。

怎麼辦?就在結衣這麼想時……。

咻嘩咻嘩咻嘩……。

從遠處傳來金黃色液體注入杯子的聲音，還響起細緻綿密泡沫的彈跳聲。上海飯店已經開始營業了吧?也就是說……。

「已經到了下班時間嗎?」習慣這種事還真是恐怖。結衣的雙腳已經不聽使喚了。「要是不早點離開，就趕不上啤酒優惠時段了。」

「可是妳看，大家都在努力工作!」白骨非常生氣，「這種氣氛下，妳怎麼好意思先走?還能堅持準時下班嗎?來吧!工作吧!」

「可是……。」結衣說。

已經習慣這種情形了。當然，這麼做需要一點勇氣。

「我要準時下班。」

有別於其他上班族，結衣朝著反方向，朝著傳來啤酒不斷注入杯子聲音的方向，毫不遲疑地往前走。迫不及待地想趕快打開上海飯店的店門，眺望竄升至杯緣的白色泡沫。

快要醒來前，隱約聽到從腦子深處，從好遠好遠的地方傳來「再過來唷」的呻吟聲。

結衣最初見到的是天花板，還有上頭寫著葡萄糖的點滴袋，楞楞地想著石黑會哭著說好羨慕吧。

接著看到的是今年三十六歲，喜歡工作，喜歡到幾近瘋狂的的種田晃太郎。他喊了一聲「結衣」，從椅子上站起來。結衣看著他的雙眼。

「我不是說了嗎？」結衣的臉上不由得浮現一抹笑意，「會哭的人是你。」

晃太郎似乎說不出話來。只見他反覆開口、閉口，痛苦地罵了句「妳是笨蛋嗎？」，接著忍不住大吼：「為什麼要那麼勉強自己?! 竟然還扯謊說自己有好好休息！」

「這裡是醫院耶。」結衣說，忽然感覺自己的左眉上方不太對勁。一摸，原來貼著一塊大紗布，還用藥用膠帶固定。

「這是怎麼回事？」

晃太郎沉默片刻，難以啟齒似地說：「縫了五針。」

原來結衣快昏厥時，還試圖站起來的樣子，結果整個人倒地，額頭撞到擺在地上的機器邊角，流了很多血。

真是魄力十足的一場演出。事到如今，結衣實在說不出口當初只是想假裝一下。

「醫生說麻醉退去後，傷口應該會很痛……也會留疤。」

「是喔。反正現在的化妝品遮瑕效果一流，塗抹一下就看不見了。」

結衣悄悄想著，幸好已經有了結婚對象。

「要是撞到要害，搞不好會死，妳知道嚴重性嗎？」

晃太郎的聲音摻著怒氣，看來他好像傷得更重。

「工作報告書已經完成了吧？」還是感覺有點疲倦的結衣坐起。

「我沒看。」

「沒看？什麼意思？要提交的案子呢？」

「我哪知啊！」晃太郎忿忿地回道，「我在這裡待了七個鐘頭，等妳醒來。」

「這樣根本跟看護沒兩樣嘛！你大可回去工作啊！」

「我一直試圖搖醒妳，可是妳都沒反應，想說妳會不會就這樣死了……哪還顧得了工作啊。」

「是喔。」

兩年前，結衣也想著同樣的事，所以才決定分手。要是眼睜睜看著深愛的人在眼前死去，還不如不要見面得好，所以我從晃太郎的身邊逃走了，我是個膽小鬼。

晃太郎不再那麼生氣後，才一點一滴地告訴結衣她昏倒後發生的事。

救護車抵達時，石黑剛好回公司。看到躺在擔架上的結衣，臉色驟變的他也許想起自己當年倒下去一事。

「我陪結衣去醫院！」晃太郎向堅持陪同送醫的石黑，低頭拜託，「讓我陪她去醫院。」說完便坐上救護車。根據吾妻傳來的郵件，後來是由石黑和賤岳一起去交件，順利結束這件案子。

「網站營運的事還是沒著落嗎？」結衣拿起擺在枕邊的水杯。

「我們拿到了，」晃太郎看著眼神充滿疑惑的結衣說，「託社長之福。」

「咦？社長？」

「我都知道了。妳去煽動社長，對吧？」晃太郎苦笑。

灰原從石黑口中得知結衣昏倒時，臉色鐵青地問：「她死了嗎？」

「還不知道。」石黑回道。只見灰原悄聲喊了句「媽的！」，並主動表示要一起去星印工場交件；結果武田課長嚇一大跳，趕緊請來更高層的人出席會議。

聽說灰原一口喝光常務室祕書端來的玉露茶，「就算貴公司不把後續的網站管理交給我們也無所謂。」這麼說。

「因為從今往後，我們完全不打算和暗地裡要求外包公司員工必須加班的企業合作。但這麼一來，貴公司馬上就會失去即將成為業界龍頭的合作夥伴，這樣也沒關係嗎？」

灰原憑著這股氣勢，甚至要求對方必須支付牛松強行追加要件的費用。

「真正有實力的人，就是像社長這樣吧，」晃太郎似乎頗有感觸，「如此有膽識的人。」

膽識？只是迫於情勢，不是嗎？結衣想。灰原應該不是每次都會這樣，因為他和福永一樣，基本上都是不想面對煩心事的人。

但是當石黑的健康狀況亮紅燈時，灰原並沒有逃。他用盡各種方法，想要改變這間公司的工作環境。

這一次他唆使結衣改變第一線的工作環境，卻沒料到她差點連命都賠上，當然得親上火線解決此事才行。

不然居上位者沒有任何作為，導致員工過勞死一事，將在灰原身上烙下無能老闆的烙印；這下子不但當不了大河連續劇的主角，恐怕只會淪為百年後仍舊遭人恥笑的無能敗將。

晃太郎瞪著結衣，說道：「要是一向準時下班的妳過勞死的話，將會帶給公司，尤其是第一線員工們莫大衝擊，這就是妳的目的，對吧？」

其實結衣沒想這麼多，也不打算去另一邊，只是想說假裝得徹底一點，見好就收罷了。

聽說剛從星印工場回來的石黑，接到晃太郎打來通報結衣沒有生命危險的電話後，這麼逼問灰原：「那時我們兩個不是發誓絕對不再搞出和我一樣慘的傢伙嗎？阿忍！」

「石黑還對社長說：『再這樣下去，員工會背棄你，追隨小結哦！』」晃太郎說。

「小黑，說得好啊！」結衣不由得笑了。

結衣之所以找石黑來支援，不只為了能夠準時交件，也是想說只要把他牽扯進來，灰原應該不會坐視不管吧。事實證明，果然如結衣所料。

聽說遭石黑質問的灰原沉默半晌後，「今後嚴格規定每位員工的加班時數不得超過二十個小時。」這麼說。

隨即又補了一句：「不是每週不得超過二十小時，而是每月不得超過二十小時。我說到做到，絕對會做給你看！」

灰原不但要拚業界龍頭，還要這麼做？簡直是痴人說夢。

但如果社長真心要這麼做的話，那就相信他、跟隨他吧。結衣想。

「妳真的很蠢！」晃太郎又發怒了，「有必要為了公司連自己的命都賠上去嗎？別再這麼做了。不准再有第二次！絕對不行！」

我不是為了公司，而是為了晃太郎。要是能握住你的手，這麼說的話，這場戰役就結束了。可惜，我做不到。

對其他人可以，唯獨對這男人不行。

「我想惹你哭。」

結衣積了兩年的怨氣，總算說出口。

「你還記得嗎？你一直說什麼婚後不需要住新房子，住我現在租的套房就行了。還不是因為你幾乎不回家。我實在無法原諒這件事，所以剛才看到你哭，我覺得很痛快。」

晃太郎伸手按著眉間，說了句「我一直有個疑問」。

「明明我們的價值觀差這麼多，為什麼妳會想和我結婚？」

結衣沉默片刻，「……因為我們不一樣吧。」這麼說。

坦白說出自己內心深處的感覺，真的需要勇氣。

「我想，是因為你有著我沒有的，完全不一樣的地方，所以才會喜歡上你。」

大概從我們初次見面開始，就感覺到這種差異吧。

晃太郎比結衣沉默得更久，「是喔，或許我也是吧。」這麼說。

然後猶豫了一下，將手伸向結衣的額頭，怯怯地觸摸貼上紗布，刻在那裡的傷痕，從喉嚨深處擠出聲音說：「結衣，那個……。」

「其實我之所以來這間公司，是因為想和妳——」

這時，傳來推車喀鏘喀鏘的聲音。護士走進來，拿著體溫計說：「下午四點了。幫妳量一下體溫。」

「今天是禮拜一？」結衣想起來，「怎麼辦？我跟阿巧和彼此的父母約好晚上七點在威士汀飯店碰面。」

晃太郎一臉不知所措地說：「不會吧？妳要去？」

「當然，要是這次缺席就慘了。」

「可是妳還在打點滴啊！妳看，連著管子，身體狀況也——」

「啊～慘了。我把婚戒忘在玄關了。應該還來得及吧？我得回家一趟才行。總之，先換衣服。」

晃太郎無奈地說：「真是的！」一把抓住被結衣拉起的簾子。「好啦！知道了。我先陪妳回家一趟，再送妳去飯店。」

「不用了。沒理由這麼麻煩你。」

「就當作是補償這道傷口吧，」晃太郎很堅持，「這次一定要讓妳步上紅毯，這樣就能結束一切了。」

結衣猶豫片刻後，點頭答應。心想一起走過的漫長歲月總算劃下句點，這樣就能結束一切了。

計程車停在樓中樓設計的時尚大樓門口。雖然結衣說自己回去拿就行了。但晃太郎不允許，堅持陪她走到玄關。

「這裡月租多少啊？」晃太郎望著建築外觀，這麼問。

「二十五萬。」

「原來結衣想住在這種地方啊！」

不是這樣的。結衣邊想，邊開門。裝著婚戒的盒子放在玄關鞋櫃上。好險，要是這東西不見了，阿巧肯定會大發雷霆。

「這東西要多少錢？」晃太郎帶著不屑的口氣，問道。

突然傳來奇怪聲響，是從樓梯那邊傳來的，有人在二樓，而且不只一個人……應該是兩個人，從位置研判是臥室。結衣一想到此，整個人僵住了。心想怎麼可能？阿巧不可能會做這麼愚蠢的事，因為未婚妻可能隨時會回來。

可是，結衣昨天在電話中說自己會從公司直接去飯店。

晃太郎說「我去看看」，隨即脫掉鞋子，靜靜地登上樓梯。

不會的。結衣如此期盼地打開鞋櫃，裡頭有一雙不屬於結衣的女鞋，一雙綴著毛皮的低跟鞋。結衣閉上眼，她看過這雙鞋，也曉得是誰的。

結衣知道阿巧和自己很像，都無法忍受被別人冷落，所以早就有預感會發生這種事。當結衣被阿巧追問工作和結婚到底哪個比較重要時，她無法回答。

明明被晃太郎選擇「工作」的事傷得那麼深，也向阿巧發洩過無數次牢騷，自己卻無法做出選擇。

阿巧大概無法原諒這樣的結衣，甚至覺得就算被她當場逮個正著也無所謂吧。結衣虛脫地跌坐在玄關地上。

兩年前，晃太郎的心情也是如此不堪嗎？

晃太郎很快就回來，還是持續傳出聲響，看來房裡的人似乎沒發現遭人窺看。果然只有運動神經發達的人，才能做到不發出半點腳步聲。

「走吧！」晃太郎穿上鞋子。

「還是乾脆裝作沒看到……我該怎麼辦？」結衣望著晃太郎的背影，這麼說。還是很猶豫，或許還能重新來過，不是嗎？

「別說了。走吧！」晃太郎抓住結衣的手，硬是拉著她離開。

偌大河川流經大樓前方，阿巧最喜歡站在房間陽臺眺望河川景致，他曾說住在河畔是他的夢想。

結衣站在河邊，甩開晃太郎的手。

「放開我！只要晃太郎裝作沒看見，我無所謂。」

「妳這是在逞強！」晃太郎迅即伸手，一把搶走結衣手上的婚戒盒子，以優美的拋物線將盒子丟向河川。

「啊⁉」結衣驚呼的同時，盒子啪地一聲沒入水中。

「拜託妳，別再逞強了。……不然我會很痛苦。」

結衣怔怔地望著夕日倒映、波光粼粼的河面有好一會兒，總覺得和阿巧在一起的日子彷彿和這些小小光芒一起在那裡閃耀。

「記得那枚戒指……好像是五十萬耶。」

這次換晃太郎發出「啊」的一聲驚呼。

結衣曾對晃太郎說，因為我們有著截然不同的地方，所以才會喜歡上你；可想而知，

兩人吵起架來也很激烈。結衣一輩子也無法忘記這個和自己有著迥異之處的男人。

但是，阿巧不一樣，他不會三天兩頭不回家，而且比起工作，他更看重自己的生活，

所以他追求的是和自己價值觀一樣的對象。兩人刻意無視彼此的差異，也不會吵架。

即便如此……結衣思索著，要是我丟下工作，回家的話，是否就不會失去阿巧呢？從

今往後恐怕也會反覆這麼想吧。

兩人眺望著河川。感覺眼裡熱熱的，我喜歡阿巧，要是沒有他的陪伴，我無法克服和

晃太郎分手後的每一天。

我又成了孤單一人了。結衣想起失去意識時——待在另一邊的回鍋肉大叔說的話：只

要來到這裡，就不會寂寞唷！白骨們也是這麼說。

晃太郎的喃喃自語打斷了這些話。

「想不到三橋小姐是那麼主動的人啊！」

「……你看到什麼？」結衣拭去淚水，「差勁。」

「我是被迫的好不好！」

「好好笑……雖然一點都不好笑。」

「我也不想看到認識的人做那種事啊！」

「這種事就別再說了，別逗我笑了。」

「沒辦法，已經留下我一個人消化不了的強烈印象。」

晃太郎走向計程車。

「我們去喝一杯吧！上海飯店已經開了吧？」

之前也曾這樣。記得是在博多，去飯店拿明細單那時。

「可是……今天應該不行吧。麻醉不久就要退了。」晃太郎擔心地說。

「走吧！」結衣說。

今天不喝啤酒，更待何時。

去上海飯店之前，結衣打電話給父親，「雙方家長碰面的事取消了。」這麼告知。

父親詫異地問：「為什麼？」

「婚事大概也會取消。」

身後傳來準備出門的母親不知所措的狼狽聲音。也是啦，這是第二次了。

「所以呢？妳要和誰結婚？」父親傻眼，「說好的鬼怒川溫泉呢？」

旅行勢必得延期。結衣對電話另一頭的父親說：「我還是無法認同爸爸的人生觀。」

弄清楚這一點的結衣從另一邊回來了。

「你和媽媽一起去洗溫泉吧。」結衣掛斷電話。

晃太郎笑著邁開步伐。結衣對著他的背影，問道：「對了……不回公司，沒問題嗎？」

晃太郎回頭，一臉嫌煩地說：「反正都快下班啦！」

總覺得好像有什麼在改變，又好像沒有，應該不可能那麼快就改變吧。

晃太郎要是無法阻止自己暴衝，不管多少次，結衣都會那麼做吧。所以這場戰役並未結束。也許永遠無法徹底理解彼此，也許一輩子都會孤孤單單。

就算是這樣也沒關係，只要別讓自己珍惜的人去到另一邊，這樣就夠了。

「不管了，」結衣將煩心事拋諸腦後，「先去喝啤酒吧。」

今晚就盡情發牢騷、聊個痛快吧。結衣這麼決定後，趕緊追上走在前頭的晃太郎。

——完

文字森林
READING FOREST
文字森林系列 007

我要準時下班！
わたし、定時で帰ります。

作　　者　朱野歸子
譯　　者　楊明綺
總 編 輯　何玉美
責任編輯　陳如翎
封面設計　FE 工作室
版型設計　楊雅屏
內頁排版　theBAND · 變設計— Ada

出版發行　采實文化事業股份有限公司
行銷企劃　陳佩宜 · 馮羿勳 · 黃于庭 · 蔡雨庭
業務發行　張世明 · 林踏欣 · 林坤蓉 · 王貞玉
國際版權　王俐雯 · 林冠妤
印務採購　曾玉霞
會計行政　王雅蕙 · 李韶婉
法律顧問　第一國際法律事務所　余淑杏律師
電子信箱　acme@acmebook.com.tw
采實官網　http://www.acmebook.com.tw
采實臉書　http://www.facebook.com/acmebook01

I S B N　978-986-507-048-9
定　　價　350 元
初版一刷　2019 年 10 月
劃撥帳號　50148859
劃撥戶名　采實文化事業股份有限公司
104 台北市中山區南京東路二段 95 號 9 樓
電話：(02)2511-9798　傳真：(02)2571-3298

國家圖書館出版品預行編目資料

我要準時下班！/ 朱野歸子著；楊明綺譯 . -- 初版 . -- 臺北市：采實文化，2019.10
面；　公分 . -- (文字森林系列；7)
譯自：わたし、定時で帰ります。
ISBN 978-986-507-048-9(平裝)
861.57　　108014673

文字森林
READING FOREST

文字森林
READING FOREST